「ハイ、お待たせ」

エギエディルス皇子に、出来立てホヤホヤのクレープを出した。

おぉ!!」

聖女じゃなかったので、王宮でのんびりご飯を作ることにしました 2
seijo ja nakattanode, oukyu de nonbiri gohan wo tsukurukotonishimashita

「見て学べって、ことかな?」
王宮料理長・リック
野原莉奈《のはらりな》

「包丁？人に向けた事はないわよ？」
侍女・モニカ
女官長・ラナ
「……遅かったですね？」
フェリクス王
シュゼル皇子
エギエディルス皇子

〝マティーニ〟をゆっくりと口に入れると、
フェリクス王は目を少し見開いた。

「……旨い…………酒を、混ぜたのか」

グラスを傾け光に照らしながら、フェリクス王は深く感心していた。

酒同士を混ぜて飲もうなんて、まったく考えた事もなかった。

聖女じゃなかったので、王宮でのんびりご飯を作ることにしました

seijo ja nakattanode, oukyu de nonbiri gohan wo tsukurukotonishimashita

2

神山りお
ill. たらんぼマン

口絵・本文イラスト
たらんぼマン

装丁
木村デザイン・ラボ

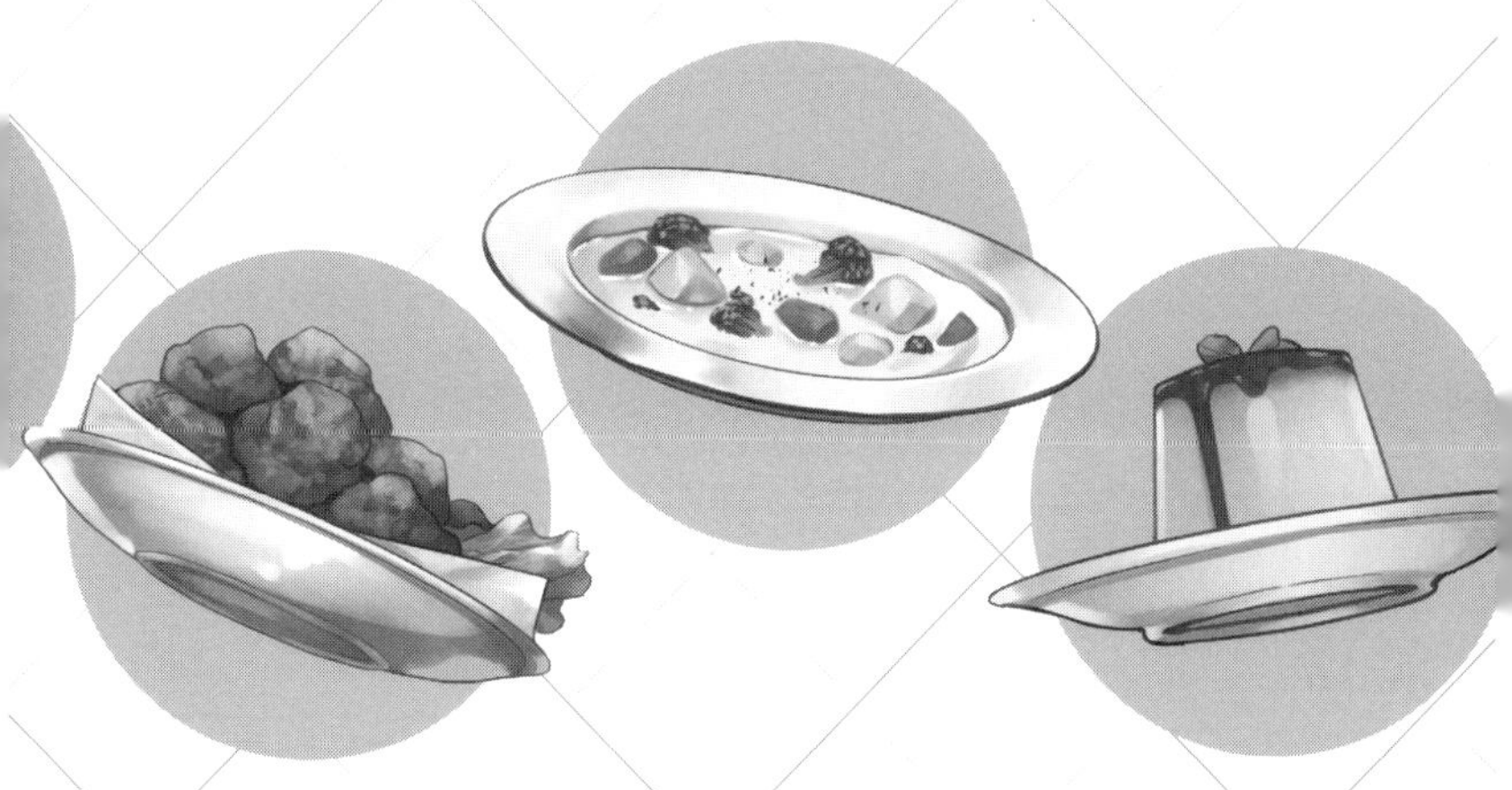

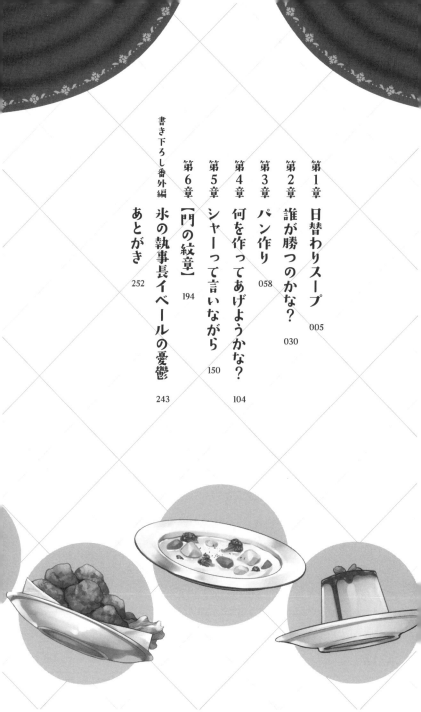

第1章　日替わりスープ

相変わらずの朝が来た。

【聖女召喚】されたら、人違いだった。

しかも、還してもらえない……普通なら絶望ものだろう。

なのに、一番のショックが飯マズの世界だったって事。

そっちのほうにショックを受けている自分の精神《メンタル》に愕然《がくぜん》である。

なりゆきで、自分のために作り始めたご飯が王族の口に？　聖女じゃなかったけど王宮で何をしているのだろう？

そんなことを考えながらジョギングを終えて戻ると、エギエディルス皇子が優雅に紅茶を飲んでいた。

「……ヒマなの？」

「暇じゃないし。なんだったら用あるし」

「用って？」

「リナが食事の改善してくれてるから、兄上達が厨房《ちゅうぼう》と食糧庫にある食材を好きにしていいってさ」

「マジか」

それはありがたいと莉奈《りな》は心の中で感謝した。もうすでに勝手にしている感じたっぷりだが、許可があるのとないのとでは段違いだ。

「だからって、コイツらだけで食《く》い潰《つぶ》すのはないけどな」

とモニカを見て言った。エギエディルス皇子はよくわかっていらっしゃる様だ。莉奈も許可が出たとはいえ、ムダに使ったりするつもりも、個人的に振る舞うつもりもない。

「…………」

モニカは複雑そうな顔をしていた。

「……だけど、リナが作ってくれてるお陰で、ご飯が楽しみになってきたわよね」

ラナ女官長がしみじみ言う。今まで、そんなにご飯は楽しみな時間ではなかった様だ。

「確かに、私、もうあのスープは飲めません」

モニカが続いた。

「俺も……」

エギエディルス皇子もみたいだ。

「とはいえ……それもそのうち飽きるよ？」

莉奈は、モニカの淹れてくれた紅茶を飲みながら言った。

「「「…………えっ？」」」

莉奈の言葉に三人共驚いた。飽きるはずがないと思ったからだ。

「人間って結局、贅沢《ぜいたく》な生き物だから……二種類のスープだけじゃ飽きると思うよ？」

それが毎日となると、たぶん飽きてくる。味噌汁《みそしる》なら具を変えれば変化が出るし、慣れてるせいか飽きない自信があるけど。鶏《とり》コンソメの野菜スープが毎日……自分だったら飽きる気がする。

「そうかな？」

とモニカは首を傾《かし》げた。飽きるイメージが、まだないのかもしれない。

「今はまだ、目新しいから感じないかもだけど、そういうもんだよ」

「……そうか」

エギエディルス皇子は、小さく頷《うなず》いた。毎日同じメニューでは確かに飽きてくるかなと思ったらしい。

「……と、いう事で……スープが毎日、替わったら嬉《うれ》しくない？」

「「「……嬉しい！！！」」」

三人がハモった。

「基本の野菜スープは毎日あるとして、日替わりスープとどちらかを選べたらどうかな？」

「「「……それいい！！！」」」

またハモった。莉奈の提案に異論はなさそうだ。

「毎日、違うスープなんか出せるの？」

ラナが興味深そうに訊《き》いてきた。今までが今までだけに、毎日違うスープは想像外なのだろう。

「今すぐって訳にはいかないけど……」

「いかないけど……？」

「徐々に増やしていけば、近いうちに出来るんじゃないかな？」

材料的には、ありそうだし……後はリック料理長達の頑張りにかかる訳だけど。一度見ただけで、鶏コンソメを作ったのだから大丈夫でしょう。

◇◇◇

「……えっ？　……なんか……人、多くない？」

スープの提案をリック料理長達に伝えようと厨房に来てみれば、いつもより数人は多い気がする。

「リナの料理を学びに、魔法省の料理人と軍部の料理人が数名来てるからね」

と説明してくれたのはリックだった。学ぶ程の物なのかと、莉奈は思う。だが、莉奈にとっては普通の事でも、異世界側からしたら、普通の事ではないのだろう。莉奈にとっての魔法がそうである様に。

「……はぁ……」

えらく大事になってきたな……と思わなくもない。

「リナは、普段通りに好きな物を作ってもらって構わないよ。質問ぐらいはするかもしれないけど、極力邪魔はしない様に勉強させてもらうから」

「……そうですか」

それなら、いいかな。教えるのは苦手だし。面倒だし。

「で……今日は何を作りに……？」

リック料理長達は、莉奈が何を作りに来たのか、興味津々である。

「………あーー」

莉奈は、エギエディルス皇子達に言った様に、日替わりスープが出来たらいいなと説明した。面倒ではあるけど、作る方も毎日同じではつまらないだろう。

「それは、いい‼」

リック料理長も大賛成みたいだ。

「俺も賛成‼　毎日同じ飯じゃつまんないしな」

「毎日違うと楽しくていい‼」

次々と賛成の声が上がった。よかった……皆、賛成の様だ。これなら、教える方も張り合いがある。

ちなみに、こっちの世界も1週間は7日で構成されていて、1年は365日ある。

でも、月火水木金土日……ではなく光火水無風土闇。

似てはいるけど、魔法と関係がある曜日になっていた。月は同じで1月2月というし、季節も日本と変わらない。春夏秋冬がある。

この暦を利用して、ゆくゆくは曜日ごとのメニューとかにしてもいいかもしれないと、莉奈はこっそり思ったのだった。


「じゃ、何スープにしようか食糧庫みて考えるね」

莉奈は、厨房に設置されてある隣の食糧庫に行った。丁度食堂の反対側にある扉が食糧庫だった。

「うっわ〜。いっぱいあるね〜」

王宮の皆の食糧が、ほぼここにあると云ってもいい。学校の教室が丸っと二つは入る大きさだ。そこに、見たことのない食材も含めてキレイに陳列されている。在庫管理もちゃんとしてそうだ。

「でも、魔法鞄《マジックバッグ》に入れちゃえば楽なのに」

欲しいものを欲しい分だけ、良い状態で出せるし保存が出来るこのバッグを、莉奈はとても気に入っていた。

「盗まれたら終わりだろ?」

エギエディルス皇子が、食糧庫を覗《のぞ》きながら言った。

「あ〜そっか。出せないにしても盗まれたら、食糧全部なくなるね」

魔法鞄《マジックバッグ》が使えないにしても、食糧を全部盗めてしまう。そうなれば、国を傾かせる原因となり得る。

「便利な分、犯罪者側からも……って事か……。根菜が多いね？」

あちこち見てみると、葉物野菜よりじゃがいも、たまねぎ、にんじん等、根菜類が多かった。

「葉物はうちの国、得意じゃないんだよ」

「肉も鶏肉《とりにく》しかなかったよね」

「牛は乳牛だけだな……豚は……以前はいたけど、ほとんど魔物に喰《く》われた」

「あぁ……」

魔物いたんだっけ、この世界。すっかり忘れていた。

「鳥は魔物を感知しやすいし出たら騒ぐから、防犯ついでに飼って食ってる感じかな」

そういう理由もあるのか、と莉奈は納得した。人間が食べて美味《おい》しいなら、魔物も美味しいと喰うのかもしれない。

「でも、魚介類は割りとあるよ。国が海に面してるし」

「へぇ〜海に魔物いないの？」

「ガッツリいる」

ガッツリいるのかよ。漁師、すごいな。

「あっ、小麦粉あるじゃん」

端に置かれている小麦粉の入った、麻の袋を見つけた。〝鑑定〟をかけて視ると、強力粉、中力粉、薄力粉すべてが揃《そろ》っていた。

「すごいね。なんだ強力粉とか全部揃ってる」

莉奈は感嘆していた。以前厨房で見た時は、そんなに種類がなかったからだ。ここにあったのは、いい発見である。産地が異なれば、小麦粉の性質も変わってくる訳で、それが集結しているのは、さすが王宮といったところ。

「強力粉って何？」

棚を見ていたモニカが訊いてきた。

「え？　あぁ、パンとか作る粉」

「小麦粉と違うの？」

「違わないよ？　小麦粉っていうのは、小麦で出来た粉なら小麦粉っていうし。だから、強力粉、中力粉、薄力粉も全部小麦粉。その中でもパン作りに合う性質の小麦粉を、強力粉っていうんだよ」

厳密に云うと、グルテンの量や産地によっても色々と種類があるのだろうけど、そこまで説明出来る程の知識が自分にはない。

「え〜？　小麦粉は小麦粉じゃないの？　パンに合う合わないがあるの？」

莉奈の説明に、モニカが驚いていた。そこで、ふと気がついた。モニカの様に強力粉も薄力粉も〝小麦粉〟として使っているのだとしたら、それもパンが固くなる要因の一つなのでは？　と。

「あるよ？　ちなみに薄力粉はお菓子に向いてる小麦粉」

「どれ⁉」

お菓子と聞いてモニカの目がギラついた。

モニカ……。粉を教えた処で作れないでしょ？　粉のまま食べるのかい？

莉奈は、ドン引きしていた。

「だけど……よく粉の袋を見ただけで、細かくわかるのね？」

ギラついているモニカとは違って、冷静なラナ女官長が訊いた。袋はどれもただの麻の袋。袋に産地が書いてあるくらいで何も分からない。

「あっ、私〝鑑定〟持ってるから」

そういえば、ラナ達に言ってない……と今さらながら気付いた。てっきり知っている感じでいたけど、誰《だれ》も言わなければ分からないよね。

「「えっ⁉　リナ鑑定持ちだったの⁉」」

ラナ、モニカが驚いていた。エギエディルス皇子は、兄のシュゼル皇子から聞いていたのかもしれない。

「そうだよ」

ナゼか食べる事に特化していますが……ね？

「へぇ～。すごいわね」

ラナは感嘆していた。珍しい技量《スキル》だって言ってたし驚くのも当たり前なのかもしれない。

「でも、私のとは違うのね？」

ラナは気になる言葉を続けた。

「えっ⁉　ラナも〝鑑定〟持ってるの？」

〝私の〟とは……と言ったのだから、そういう事だろう。珍しい鑑定スキルをラナも持っていたとは驚きだ。

「持ってるわよ？　……あまり役に立たないけど……」

どこか残念そうに言った。人各々とは聞いてはいたが、やはり莉奈のとは見える物が違うらしい。

「何が視えるの？」

気になったので訊いてみる。他の人は何が視えるのかなんて知る機会もないだろうし。

「…………」

言いたくないのか困った様に笑い無言だ。

「……ラナさ～ん」

でも気になるので、もう一度訊いてみる。

「……え～と」

「え～と？」

「身長とか、体重とか……スリーサイズ……とか？」

恐ろしい技量《スキル》だった。

◇◇◇

「じゃがいもとたまねぎが、いっぱいあるからそれを使ったスープにしようか」

ラナの恐ろしい鑑定を払拭《ふっしょく》する様に莉奈は声を出した。

だって今思えば、ラナの用意してくれている服はジャストサイズなのだ。絶対〝鑑定〟されている。

「え〜？　また同じ野菜スープ？」

モニカが残念そうに言う。材料が一緒だからそう思ったのだろう。

「材料はたいして変わらないけど、調理法が違うから全く別物だよ」

そもそもスープなんて野菜を使う物が多い。これだけ野菜が揃っている世界なら不自由はないだろう。

「どんなスープなんだ？」

エギエディルス皇子が訊《き》いてきた。

「そうだな。たまねぎたっぷりオニオンスープと、じゃがいものポタージュスープにしよっか」

山程あるこの常備野菜を使わない手はない。作るのが面倒ではあるがリック達がいるし安心だ。

「……マジで、いろんなスープがあるんだな」

スープと云えば、あの野菜スープ一択なのか、種類の豊富さに改めて驚いている様だ。

「ポタージュスープなんかメインを変えるだけでも、随分種類があるよ？」

この世界でどこまで作れるかは謎だけど。

「じゃがいもは勿論《もちろん》、ほうれん草、カボチャ、にんじん……色々あるね〜」

莉奈は指折り数えながら説明する。なんだったら自分が知らないだけでもっとあるに違いない。

「すごいな……」

エギエディルス皇子は、改めてスープの種類に感嘆していた。

「よ〜し。そうと決まればリックさん達に協力してもらおう」

莉奈は気合いを入れ食糧庫から出た。

食糧庫から出てくると「待ってました」とばかりに皆こちらを一斉に見た。

「では、みなさん‼　そこにある鶏《とり》コンソメをベースに、オニオンスープとじゃがいものポタージュスープを、作っていきたいと思います‼」

リック達が、鶏コンソメをマスターしてくれたからこそのアレンジスープだ。リック料理長達には感謝しかない。

「リナ〜‼　ポタージュってな〜に？」

料理人の女の子が手を挙げて質問をしてきた。

あ〜〜やっぱりそうきちゃう感じ？　私も詳しく知らないんだよね。

「え～と……ざっくり云うと、透明なスープを〝コンソメ〟、それ以外の濁ったスープを〝ポタージュ〟っていうの」

正直言って莉奈も詳しくは知らない。

だって作るのに、いちいち意味まで調べて料理なんかしないだろう。確かそういう物だった、と云うくらいの認識である。

なんだったら、鶏コンソメとしているスープだって、厳密に云えばチキンブイヨンだし。料理本に簡単コンソメスープって書いてあったから、そのままそう言ってるだけ。素人《しろうと》の知識なんてそんなものだ、詳しく訊かないで欲しい。

「濁ったスープって何？」

一つ疑問が解消すれば、またの疑問が出てくる。コレを訊けばアレがわからん状態なのだろう。めんどくさ～い。私もわかんないし～‼

「これから作るから、目で見て覚えて下さいな」

もう、それしかない。プロじゃないので何？　どうして？　の説明には答えられません。そういうもの、以上！

キリがないので、先に進む事にした。すべてに答えられる訳ではないしね。

「では、これからたっぷりの〝たまねぎ〟をスライスして貰《もら》います」

「たっぷりってどのくらいなんだ？」

リック料理長が、皆の代表の様に訊いてきた。莉奈は、周りを見てから王宮で働いている人、すべての人数分を考えてゾッとした。大丈夫なのかな……と。

「……600？」

「「「「ろっぴゃく〜〜〜！！？」」」」

絶叫に近い声が、厨房《ちゆうぼう》に響き渡った。だって両方のスープに使うし、オニオンスープにはたっぷり入れたいし、人数的にも最低600は必要だろうと思う。それでも全然足りないかもしれない。

今回はお試しって事で、このくらいの量からやってみようと思う。

「では、皆さんでスライスして下さい」

「「「……え？　ひょっとしてその皆さんに、私たちも入っている感じですか？」」」

見学のつもりで来ていた魔法省や軍部の料理人たちが自身を指でさした。

「当然でしょう？」

「「「……っ」」」

莉奈にイイ笑顔で言われた魔法省・軍部の人たちは、見学のつもりがしっかり頭数に入っていたことに、言葉を失った。

◇◇◇

「そ……そんなにも、スライスするんですか……」

たまねぎの数に唖然《あぜん》としていたリックが、なんだか敬語でボソリと呟《つぶや》いた。

オニオンスープと聞いて、たまねぎを使うまでは想像できたのだろうが、使う数が桁違《けたちが》いなのでビックリした様である。

「オニオンスープはたまねぎがメインだし、そのオニオンスープをベースにじゃがいものポタージュ作るから、６００でも少ないかもね～」

莉奈は指示役に回る予定なので、他人事《ひとごと》である。

「マジで～」

「６００とか……ないから」

心の叫びが数名から漏れていた。

でも、本当の地獄はこれからなんだよね～。

莉奈は、あさっての方向を見た。

「んじゃ、今日ここに居るのは何人かな？」

「2……28人？　だったかな？」

莉奈の質問に、副料理長が答えた。ちなみに副料理長マテウス、32歳独身だそうです。なかなかのイケメンなのに独身でしたか。

「なら、ラナ、モニカを足して30‼　丁度いいね」

莉奈は、１人で納得し大きく頷《うなず》いた。

「いやいやいや………何が丁度いいのか説明してくれる？」

ラナ女官長が慌てた様に訊く。話の脈略がないからだ。

「６００割る30は20‼　丁度いい‼」

「だから、なにがよ？」

ここまで言ってもわからないのか、わかりたくないのか、ラナはさらに訊く。

「たまねぎのスライス、１人20個だね？」

「え……は？　ちょ、ちょっと‼　なんで私達まで頭数に入れてるのよ⁉」

やっと理解したのかラナが焦った様に言った。まさか自分もやる事になるなんて思わなかったのだ。

「スープ飲むんでしょ？」

「「…………………」」

そう言われたら、二人は黙るしかない。飲むけど手伝いたくないなんて、皆が見ているこの状況で言う勇気もない。

「リナ……リナは何するの？」

モニカが、ハッと気付いた様に言った。その頭数に莉奈は入っていない気がしたのだ。

「スープに興味ないから、なんか違うの作るけど？」

莉奈MEMO
マテウスさん
副料理長!
32歳 独身
フム
フム

その表情は、なにか？　とでも言いたげだ。正直、その作業は面倒だし莉奈にはまったく興味はない。

「「「……え？」」」

なにか問題でも？　という表情の莉奈に、リック達は唖然であった。莉奈が自由過ぎる。

「お前……自分で提案しといて興味ないとか、ンなのあるかよ？」

と呆《あき》れた様に言ったのは、エギエディルス皇子だ。作ると言ったのは自分なのに、興味ないってなんなんだ……と。

「……だって、スープ作るの面倒くさい」

これからやる事を知っている莉奈にとっては、面倒以外の何物でもなかった。

「「「…………………」」」

さらに、皆が押し黙った。その面倒くさい作業を私達がやるのですか？　……と。

「……お前……自由過ぎるだろ……」

エギエディルス皇子は、呆れ果てていた。

◇◇◇

「……まぁ、みんなも作るの面倒……大変だろうし……なんかご褒美でも作ろうか？」

自分は参加しない代わり……といったらなんだが、何か皆が楽しめる方法を提案する。やる気も出るだろうしね。

「何⁉　ご褒美って‼」

真っ先に食いついたのは、案の定と云うか、安定のモニカだ。その様子を見て、ふと莉奈の脳裏を一抹の不安がよぎる。

「言っといてなんだけど、モニカって包丁使えるの？」

頭数に入れたはいいが、根本的な事を確認しておくのを忘れていた。使える気がしないのだが、大丈夫なのだろうか？

「人に向けた事はないわよ？」

「「「…………………」」」

それには、莉奈だけではなく全員絶句した。

んな事は、当たり前だ‼　…………ダメだコイツ。

そんな返答するヤツはあかんヤツだけだ。

「リナ……コイツに訊いた時点でダメだわ」

エギエディルス皇子が、渋い顔をして言った。彼もまた、モニカが包丁を使えるとは思っていなかったらしい。

「……はぁ……ラナは、使えるよね？」

一応……一応だが訊いておく。結婚しているからといって、包丁を使えるかは家庭それぞれだ。

「……ひ……」

「……ひ？」

「人に向けた事はないわよ？」

「………」

お前もか……!!

「私が使えるから……ね？」

旦那《だんな》のリック料理長が、頑張ってフォローしていた。

「あ～じゃあ、論外二人はどうしようかね～？」

一人ずつノルマ制で競わせようとしたのに、出鼻《でばな》を挫《くじ》かれるとはこの事である。まさか、ラナまで使えないとは……想定外だった。

「……潰《つぶ》すのは？」

そう言ったモニカは、拳《こぶし》を小さく掲げる。

「……えっ？　何を？」

「たまねぎを……」

……え？　なんで？　怖いんだけど……。

モニカが、ご褒美欲しさに変な事を言い始めた。スライスしてほしいのに潰すという発想が怖い。

なんでせめて、ぶつ切りとか頑張ってやるから……って話にならないのかな？　力業にも程がある。

……ってか、たまねぎ潰せるの⁉


「ラナ、モニカ……」

「「…………はい」」

包丁が使えない＝参加できない＝ご褒美がもらえない。

その構図が、浮かんだのか二人に覇気がない。莉奈はあからさまにガッカリしている二人に苦笑いだった。

「非番の侍女って、何人集められる？」

「……出掛けてしまってる可能性も考えると……10人くらいかしら？」

ラナが考えながら答えた。せめて前日から言っておけば、もう少し集められたかもしれない。

「……10人か」

「集めてどうするの？」

モニカが訊《き》いてきた。莉奈が何をしようとしているのか興味が出た様だ。

「お菓子作ってあげるか――」

「「何をすればいいの⁉」」

話し半分ですぐに、ラナとモニカが食いついてきた。さすが甘味。

「ククベリー採ってきてよ」

熟したのがいっぱい生っているのに、そのまま腐らせるのはもったいない。だが莉奈1人では限界がある、ご褒美ついでに採ってきて貰おうと思ったのだ。

「いいわよ‼」

「お菓子作って貰えるとなると、非番じゃない侍女にバレたら大変な気もするけど……」

モニカは二つ返事だったが、ラナは不安を口にした。ククベリーを皆で採っていれば目につく。そして、何かがあると悟られバレたら、確かに揉《も》めそうである。

「非番じゃない侍女には、そだなーー」

と、莉奈はどうしようか考える。侍女全員には絶対ムリだ。量もそうだが、何もしていないのに貰えるなんて、手伝ってくれた侍女達が不満だろうし。

「ジャンケンで何人かにあげる……ってのはどう？　手伝えなかったのは、非番じゃなかったからって事で諦《あきら》めてもらおう」

じゃなければ、キリがない。あげなきゃあげないで、次々と何かにつけて、手伝わせてって来るかもしれない。妥協点だろう。

「……ええ……それは、いいわね。モニカ、なら早速行きましょう」

「は〜い。リナ頑張ってくるわね‼」

と、ご褒美が確定した二人は、ルンルンと厨房《ちゅうぼう》から出ていった。

◇◇◇

「さて……と」

莉奈は腰に手をあて、仕切り直す事にした。ラナまで包丁を使えないのには驚いたけど、旦那さんが料理長なら頷ける。それに侍女も令嬢が多いらしいし、使えなくても不自然ではないのだろう。

モニカが、たまねぎを潰せるのは……論外だけどね。

「……28人か」

「どうする、リナ？」

リック料理長が訊いてきた。指示がなければ、残念ながら動き様がないからだ。

「7人1組で、たまねぎのスライス競争をしようか？」

と、莉奈が面白そうに提案すると、にわかにざわめいた。ただスライスする作業ではつまらないし、競った方がご褒美の価値も上がる。そう思ったのだが、皆も面白そうだと感じたらしい。

「ということは1組、何個切ればいいんだ？」

料理人の1人が訊く。

「150かな〜〜」

それで、600。それだけあれば、オニオンスープにもポタージュスープにも回せる。

「……ただし」

「「ただし？」」

「敗けたチームはもちろん、雑に切ったら、即刻失格、罰ゲーム行き‼」

速く切るだけなら、誰《だれ》でも出来る。プロなんだから、いかに速くキレイに切るかだ。

「「「罰ゲーム～～～⁉」」」

皆が叫んだ。罰ゲームがあるとは訊いてなかったからだ。

「なんで、ご褒美だけ貰《もら》おうとするかな～？」

ご褒美がある、それすなわち……罰ゲームがあるからさ。

「……そうだけど……」

なんだか、ガッカリしている料理人達。ノーリスクで挑戦しようなんて大甘だ。

「ちなみに～～‼　勝利チームには～～‼」

わざと声を張り上げる莉奈。士気を高めないと始まらない。

「「「勝利チームにはー⁉」」」

「もれなく、アイスクリーム付きクレープを進呈します‼」

「「「うぉぉぉ～～～～～‼」」」

歓声が上がった。クレープが何か分からなくても、アイスクリームはシュゼル皇子達が、食べていたのを見ていたし、絶賛していた物だ。美味《おい》しいに決まっている。絶対食べたいと、いよいよ盛り上がった。

シュゼル皇子には、勝手に貰っちゃった分の代わりに、甘味を渡して相殺してもらおう。

「んじゃ、まずは7人の班を作っていざ勝負‼」

第2章　誰が勝つのかな？

——コンコンコンコン。

まな板に、包丁の当たる音が響き渡る。たまねぎを皆がリレー方式で切っている音だ。7人で150ものたまねぎを、いかに分担して切るか、それで勝負が決まるからだ。

ちなみに最低1人10個は切る事を厳守とした。じゃないと、速い人が全部切っちゃうしね。

「……グスッ……グスッ……」

そこかしこで泣いている声がする。

「……リナ……目が痛い……」

それにもれなく、エギエディルス皇子の声も混じる。

それもそうだ、密閉された部屋でこれだけの量のたまねぎを切りに切りまくれば、目も痛くなるし泣けてくる。

「……たまねぎ……切ってるからね」

莉奈《りな》は、誰も開けてない窓を少し開けた。勝負に真剣になり過ぎて換気を忘れているからだ。そりゃ痛くて当然だ。

「たまねぎを切ってるから、目が痛くなるのか？」

切る事もないし、その作業をしてる厨房に来る事のなかったエギエディルス皇子には、初めての体験だったらしい。

「そうだよ？　なんか目が痛くなる成分が、たまねぎを切ると空気に飛散するんだって」

昔おばあちゃんがゴーグルを着けて切っていたのを、思い出した。本人はかなり真剣だったが、笑える姿だった。

「マジかよ……早く言えよ‼」

パタパタと慌てて窓際に行く。

切ったたまねぎを炒《いた》めなければならないし、まだまだやる事はある。

「……エド、スープ出来るまで、随分とかかるよ？　クレープ作ってあげるから、先に食べとく？」

「食べとく‼」

瞳《ひとみ》をキラキラさせながら、いい返事である。それが可愛《かわい》くて莉奈は笑った。

「んじゃ、食堂で待ってて、ここ目が痛くなるし」

「……うん‼」

こういう時の、エギエディルス皇子は、年相応で可愛くて仕方がない。生意気だけど、それも兄に追い付こうと、頑張っての事なのかもしれない。

「……さて……」

莉奈は、皆の視線が向くのを肌で感じながらも、マイペースでクレープ作りにはいる。

たぶんだけど、リック辺りはクレープが何なのか、訊きたくて仕方がないのだろうけど、勝負の邪魔になるし気が散るので諦めたみたいだった。

薄力粉があったのは嬉《うれ》しい誤算だ。お菓子作りには必要不可欠だし、料理の幅も広がる。まだまだ、たまねぎを切るには、時間が掛かるだろうとよんで、クレープ生地を作り始めた。

材料を取りに食糧庫に戻った時、近くに置いてあったロウ石で、小麦粉の袋に強力粉、中力粉、薄力粉と、しっかり目印をつけておく事は忘れない。

いちいち鑑定するのも面倒だし、鑑定を出来ない人にもわかる様にしとかないとね。

「……どうでもいいけど……鼻水いれないでね⁉」

あまりにも、たまねぎを切るのに夢中になり過ぎて、ズルズルしている人達がいたからだ。鼻水入りなんてイヤ過ぎる。

「「「うぃ〜〜す‼」」」

一応返事を返してはきたが、大丈夫なのだろうか。

莉奈は、料理人達を信用する事にして、クレープを作る事にした。

クレープ生地は簡単だ。基本的に薄力粉、卵、牛乳、砂糖、塩、油を混ぜて出来る。その中で、薄力粉を強力粉に変えたり、卵を抜いたりで、モチモチにしたり、カリカリにしたりと特色を出すことも出来る。

香りを楽しみたいのなら、生地に少しラム酒を入れると、また雰囲気が違って面白い。まぁ好みだろう。莉奈は、一般的なクレープにする事にした。

「……あっ、エド～」

「なんだよ？」

食堂と繋《つな》がっている小窓から、エギエディルス皇子がひょこっと顔を出した。

仔犬みたいで、超可愛い～～～!!

莉奈は萌《も》えを必死に堪えた。

「クレープにのせるの、ククベリーのジャムか、リンゴのコンポート、どっちがいい？」

たまにデザートに出てくる、少し酸っぱめのリンゴがある。それをジャムにしてしまえば、美味しいだろうと思いついたのだ。

「えっ⁉」

エギエディルス皇子の瞳が、キラキラと輝いた。ククベリージャムは知っているが、リンゴのコンポートは初めてだからだ。

「コンポートってなんだ？」

「簡単に云うと、甘さ控えめのジャム」

細かく云うと、ジャムより果実を崩さない、形をそのままで甘さ控えめに煮たもの。

「……ど……」

「……ど？」

「どっちもは……ダメか？」

「……アハハ……いいよ？　両方ね？」

欲張りだな……と思いつつ莉奈は笑った。まぁ、初めての物は気になるか。ククベリーのジャムはまだ残っているし、クレープ生地を冷蔵庫で冷やしている間に、リンゴのコンポートを作る事にした。

「…………うぉぉ〜〜〜‼」

たまねぎスライスも終盤なのか、変な気合いを入れる声がする。

見た感じだが、リック料理長率いるベテランチームがわずかに一歩リードしている。ちなみに2位は、マテウス副料理長率いる中堅チームだ。

「……うっわ……みんなスゴい顔だし……」

莉奈がさっき換気するまで、たまねぎ臭がそのままだった事もあり、目は赤いし酷《ひど》い顔だ。

「リックさん‼　リックさん‼　ファイトー‼」

「マテウスさん‼　頑張って〜‼」

順番を終えた人達は、応援に回っている。最後は、リック対マテウスになった様だ。

「「「よっしゃ〜〜〜‼」」」

マテウス率いる中堅チームが、最後の最後で追い抜き、僅差《きんさ》で勝ったみたいだ。たまねぎ半分も差がない。肝心のたまねぎスライスは薄くキレイに出来ていた。もう少し雑になるかな、と思っていた自分が恥ずかしい。さすがはプロでした。

「優勝チームは……マテウスチーム‼」

莉奈が、そういうと歓声に包まれていた。皆が楽しそうで、見ていた莉奈も嬉しかった。普段は淡々と仕事をするだけだから、たまには競うのも面白いよね。

まぁ、敗けたチームにはもれなく、地獄の罰ゲームが待ってるんですけど。

◇◇◇

結果、敗けたチームは隣で、マテウス達が優勝したのを思わず見て、ガッカリし手を休めた見習いチームであった。

莉奈はチーム配分を見て、えげつないなと思った。ベテラン、中堅、若手、見習い、といるわけだから、均等に分ければいいのに……そのままだった。そりゃあ差もでるよね。

「んじゃ、恐怖の罰ゲームを始めま〜〜す」

意気消沈している見習いチームに、高々と声を上げた。

罰ゲームなんかやらない莉奈はお気楽だ。

「マジで〜」

「あ〜」

なんだか、可哀想《かわいそう》なくらいガッカリしている。

酷い先輩を持つとそうなるよね。実力を均等にしないんだもん。

「まっ、勝負に敗けた以上は仕方ない、諦《あきら》めなさい」

「「……は〜〜〜〜い」」

莉奈が、そういうと諦めた様に返事をした。

「では、敗けたみんなには……今、切ってもらったこの〝たまねぎ〟を、全部炒めてもらいます」

そう、これが地獄なのだ。いつ終わるかもわからない地獄なのだ。

「……えっ？」

「全部……？」

「「えぇ〜〜〜〜〜!?」」

自分たちが切った、山の様なたまねぎの量を二度見して叫んだ。６００ものたまねぎのスライスだ。ウンザリするのも頷《うなず》ける。

「ちなみに炒めるといっても、ただ炒めるだけではダメだからね〜」

と、注意しておく。これからやってもらうのは、火を通すだけの作業ではないのだ。だからこその〝地獄〟。

「どういうこと？」

見習い達が訊《き》いてくる。炒めるは炒めるではないのか、と。

「このたまねぎが、飴色《あめいろ》……つまり、キレイな茶色になるまで弱火で、ず〜〜〜っと炒めてもらいます」

まぁ、始めはたまねぎの水分を飛ばすために、中火でもいいのだけどね。なんなら電子レンジがあれば、ある程度チンして、水分を飛ばしてから炒めると、早くていい……が、さすがに電子レンジはない。諦めて地獄を見てもらおう。

「茶色って……焦がすの？」

飴色たまねぎを知る訳もないので、わからないみたいだ。

「違いま〜〜す。焦げたら不味《まず》いので、弱火で焦がさないよう時間をかけて、ゆっくり……ゆっくりと炒めて下さい」

早く色をつけたいからといって、強火でやったら焦げて台無しだ。

「ゆっくりって……どのくらいかかるの？」

不安そうに見習いの子が訊いてきた。〝聞かぬが仏〟という言葉がまさにあう。

「……1・2時間？」

だって、量が多いし。たまねぎの水分にもよるけど。

アハハ……頑張ってね～～。

「「「……い、1・2時間～～～!?」」」

これには、敗けた見習いチームだけでなく、全員が絶叫していた。たまねぎを1時間も炒めるなんて初めてなのだろう。

莉奈だって、絶対にやりたくない。

だから、頑張れ。

「ちなみに、焦がしたら殴るよ？」

楽して強火になんてさせないし、貴重な食材をムダになんてさせない。丹精込めて作った農家さんに失礼だ。

「……な……殴る……って」

料理人達は、色々な意味で絶句し、白目を剥《む》いていた。

◇◇◇

あはは……。飴色たまねぎ作るの、メチャクチャ大変だよね。

莉奈は必死にたまねぎを炒《いた》めている見習いを見て笑っていた。ちなみに、そんな莉奈の様子を見ていた料理人達は、後に魔女の様だった……と語る。

「エド。ハイ、お待たせ」

待ちくたびれていたであろう、エギエディルス皇子に、出来立てホヤホヤのクレープを出した。並行してこちらもしっかりと作っていたのだ。

「……おぉ‼」

エギエディルス皇子は、小さく声を上げた。

クレープは、白い平らなお皿にのっている。2つにたたんだクレープに、少しかかる様にリンゴのコンポート。その横のミルクアイスクリームには、赤いククベリーのジャムがかかっている。

この間のミルクアイスクリームとは、また違ってスゴく豪華だ。

「それが、クレープか……」

罰ゲームこそ逃れたが、ご褒美がないリックがマジマジ見ていた。当然、他の人達も見る訳で、皇子の周りは軽い輪の様になっている。

「食べづらいから……向こうに行ってくれ」

エギエディルス皇子はシッシッと右手を振り追い出しにかかる。さすがに囲まれて、ジロジロされた中では食べられないらしい。

「………」

それでも気になるのか、皆は、無言でジッと見たままだ。誰一人移動しようとしない。無言の圧が皇子にかかる。

「ハイハイ……みんな、食べづらいから仕事に戻る。マテウスさん達のは、今用意するからここで待ってて」

莉奈は手をパンパン叩《たた》き、エギエディルス皇子のデザートに釘付《くぎづ》けの皆を引き剥《は》がした。そんなに囲まれてたら、せっかくのクレープも味わえない。

「やった～～‼」

ご褒美が貰《もら》えると、確信したマテウス達は皇子とは少し離れたテーブルに向かった。

「クレーープ」

「ふぅ‼」

マテウス達はご機嫌な様子で小躍りしている。そんな姿を食べられないリック達は、恨めしそうに見ていた。

たまねぎを必死に炒めているその横で、莉奈はマテウス達のクレープを作っていた。たまねぎの匂《にお》いと、クレープの甘い匂いが混じって、なんともいえない匂いがする。

「クレープ……美味《おい》しそう」

食べられない人達は、ぼそりと呟《つぶや》き生唾《なまつば》を飲み込んだ。お腹《なか》が減っているから余計なのだろう。

皇子を囲っていた人達が、今度は莉奈を囲っていた。

「マテウスさん達がいいって言ったらクレープだけ、何人かに食べさせてあげよっか？」

あまりの皆の圧に莉奈は苦笑いし、ついつい言ってしまった。ジャムとバターだけの簡単な物ならいいだろう。

だけど、アイスクリームはあげない。シュゼル皇子のだからだ。マテウス達にも、味見程度にスプーン1杯分くらいしか、のせていない。

もちろん、エギエディルス皇子には、たっぷりとのせましたが……なにか？

「マジで⁉」

「やった～‼」

まだ、貰える事が確定した訳でもないのに、もう貰えるみたいに歓声が上がった。

「マテウスさ～～ん‼　もちろんいいよね？」

なにがもちろんなのか、勝手に決めつけている感じがプンプンする。マテウス達は、一瞬顔を見合わせ少しイヤな顔をしたものの、見習い達や敗けた者達の迫力に負け、仕方なさげに頷いた。

◇◇◇

「アイスクリーム、うんま～～‼」

「クレープ？　これもジャムと食べると美味し〜〜い‼」

「ククベリーって、こんなに旨《うま》かったっけ？」

「鳥が良く食べてる意味がやっとわかった」

「な〜〜‼」

優勝者にクレープを出すと、マテウス達は、それぞれ楽しんでいた。アイスクリームのおかわりも欲しそうではあったが、シュゼル皇子のだとわかっているため、我慢している様である。

「エド。どうだった？」

一人優雅に食べていたエギエディルス皇子に訊いてみる。好みはあるし、これは気に入ってくれたかな、と。

「うまかった‼　クレープとコンポート？　すげぇ合う」

口に合ったのか、キレイに完食し満足気である。

ちなみに莉奈は、このリンゴのコンポートは好きではない。火を通したリンゴがどうも好きになれないのだ。だから、彼の口に合うかが心配だった。

「そう……よかった」

エギエディルス皇子は、火を通したリンゴは大丈夫だった様だ。

「シュゼル殿下の分も作ったから持ってく？」

弟だけ食べたなんて聞いたら、大変な事になりそうだ。

「もってく」

莉奈から同じ様に盛ったクレープ皿を貰い、魔法鞄《マジックバッグ》にしまった。

「だけど、あの酸っぱいリンゴがこんなに旨いとはな……。俺、あのリンゴあんま好きじゃなかった」

「アハハ……あんま好きじゃなかったのか……」

莉奈は苦笑いした。香りはいいのだけど、酸味が強いリンゴだった。日本の果物が、いかに品種改良されて甘いのかがわかる。

「コンポートは平気？」

「全然平気‼」

可愛《かわい》く頷いた。気に入った様だ。

どうしよう……すごく、頭を撫《な》でたい。

莉奈は、パカパカと開き始めそうな、ソッチの道の心の扉をグッと閉めたのであった。

◇◇◇

「た……たまねぎ……茶色くなってきたけど……どう？」

１時間過ぎたくらいで、炒めていたチームがヘロヘロになりながら訊いてきた。１時間以上もずっと炒めていればそうなるだろう。

「ん、いい感じ。もう火を止めていいよ」

誰一人焦がさず、キレイな飴色たまねぎになった。

「「「……やった～～～!!」」」

達成感からか、解放感からか炒めていた人達は、両手をあげハイタッチしていた。

「ずいぶんと……かさが減ったね」

リック料理長が、炒め終えたたまねぎを見て、ほぅとため息をついた。半分以下になったのだ。

ここまでくる工程を見ていただけに、その苦労が分かるのだろう。

「ねぇ～？　ここまでやるのは大変だよね」

自分は電子レンジでチンしてからやるので、ここまでは時間をかけた事はないけど、大変な作業だ。

「その大変な作業をやらせて、これをどうするんだ？」

他人事《ひとごと》の様に言ってくれた莉奈に、マテウスが苦笑しながら訊いてきた。

「半分は、鶏《とり》コンソメに入れてオニオンスープに。もう半分はポタージュにするから、マテウスさん達はじゃがいもの皮剥《かわむ》いて」

次の指示をした。とりあえず、この炒めたたまねぎを、鶏コンソメに入れて、味を整えればオニオンスープは完成だ。

「は〜〜い‼　オニオンスープの味見がしたいで〜〜す」

誰とは言わず声が上がった。

「ハイハイ、んじゃ味見も兼ねて、先にお昼にしようか」

もういい時間である。

「「「やった〜〜〜‼」」」

見習い達は特にうれしいのか、声を上げた。


ちょうどその時、氷の執事長ことイベールが来たので、フェリクス王の食事も用意する。

「リナ……何してるんだ？」

出来立てのオニオンスープを、イベールに渡すと思っていたリックは、莉奈がただよそうだけでなく、何かをやり始めたので声を掛けた。

「ん？　エド達には、ただのオニオンスープじゃつまらないから、オニオングラタンスープにしてあげようかと……」

パン酵母は出来てはいるのだが、そんな暇はなくて結局のところパンは作れていない。だから、パンはあいかわらず固いままだし、これなら柔らかくなり美味しく食べられる。

「オニオングラタンスープってなんだ？」

エギエディルス皇子が、興味深そうに訊《き》いてきた。またなんか作ってくれるのかと、わくわくしている感じだ。

「見てればわかるよ」

その方が早いと、莉奈はサクサク作っていく。

まずは、例の固いパンを一口大に切って器に入れる。その上に、今出来たオニオンスープを注ぐ。

パンの上にチーズをたっぷりとのせオーブンへ。チーズが焼ければ完成だ。

「スープにパンを浸して焼くのか？」

「そう、パンにスープが染みて美味《おい》しいよ？」

「マジか‼」

エギエディルス皇子の口癖が出て、莉奈は思わず笑った。

「ものスゴく熱いから、ヤケドに気をつけて食べなよ？」

「……わかった‼」

エギエディルス皇子は、とても嬉《うれ》しそうに笑った。

「イベールさんのも作ったので、後でどうぞ」

まさか、一緒には食べないだろうけど。賄賂《わいろ》として渡す。

「……ありがとうございます」

そう礼を言ったイベール。氷の表情がわずかにだが揺らいだ。

よし‼　食いついた‼

莉奈は、イベールが時折見せる僅《わず》かな表情の変化に、グッと拳《こぶし》を握る。

ここで、感情のままガッツポーズなんてしたら、二度と見せてくれない可能性がある。注意しないといけない。

「じゃあな。リナ」

昼食やシュゼル皇子のデザートをしまうと、エギエディルス皇子は、可愛《かわい》らしく手を振って厨房《ちゆうぼう》を後にした。

可愛いな～～～。

莉奈達は、その笑顔に癒《いや》されるのであった。

◇◇◇

「は～～～い‼　俺もオニオングラタンスープが食べたいで～～～す‼」

エギエディルス皇子達に渡した、豪華なスープを食べたいと思った誰かが手を上げた。

「俺も食べたいで～～～す‼」

「私も食べたいで～～～す‼」

一人が言えば、もれなくついでに言ってくる。これもなんだか恒例になりつつある。

君たち、遠慮はドコにいったのかね？

初めの謙虚さはどこへやらである。

「そういうことは、身分を上げてから言って下さい」

莉奈はスルーした。何故に皇子達と同じ物を食べられると思う。

「「「……ひでぇ」」」

オニオングラタンスープはともかくとして、オニオンスープを含めた昼食を摂ることにした。

スープは、しっかり炒《いた》めたたまねぎのコクと旨味《うまみ》が出ていて、良い出来だ。贅沢《ぜいたく》云うなら胡椒《こしょう》が欲しい。ピリッとした締まりが欲しかった。

「「「作業は大変だけど……その分すごく美味しい‼」」」

魔法省の料理人たちは、初めて食べるオニオンスープを味わうようにゆっくり……ゆっくりと食べていた。

ものすごく美味しいのか、口元が綻《ほころ》んでいる。

一方、端の方でひっそり食べていた軍部の料理人たちは、みんなが騒いでいるのをイイことに、勝手にお代わりをよそっている。

バレなきゃイイけど……と莉奈は苦笑いしていた。

「後はポタージュだっけ？　があるんだよね？」

そんなことを知らないリックがオニオンスープを飲みながら訊いた。

「そうだね」

さっき冷蔵庫を見たら、アサリとか貝があったから、簡単クラムチャウダーも出来るけど、皆の分まではないだろう。

「じゃがいもをどうするんだ？」

「ん。じゃがいもを……」

と説明しようとして固まった。

入り口にラナ女官長達が仁王立ちしていたからだ。リックも莉奈の表情に気付き、ラナに気付くと同じく固まった。

「なんで……先に食べているのかしら……？」

先に昼食を、食べていたのを見たラナ達は、ご立腹である。

自分達に、ククベリーの採取をさせておきながら、何故《なぜ》待っていてくれないのか……と。

「……忘れてた」

莉奈は、苦笑いだった。本気で忘れていたのだ。なんだったら旦那《だんな》のリックも、忘れていたに違いない。

「ちょっと〜〜〜‼　ひどいわよリナ‼」

モニカが頬《ほお》を膨らませた。

「ごめん、ごめん。みんなの昼食もすぐに用意……」

と立ち上がりながら、莉奈は言いかけて、再び固まった。

ラナ達の手にある、パンパンの袋を見て固まったのだ。リュックサック位の大きさの麻の袋は、弾けんばかりにパンパンだ。それも1人が2袋ずつ持っている。

「それ……ククベリー……？」

分かってはいるけど、一応訊いてみる。

「そうよ？　赤いのと、黒いのと両方採って来たわよ？」

近くのテーブルにドスンドスンと袋が置かれていく。数にして24袋。

「…………」

えっ？　庭にあるククベリー……全部採って来たの？

「す、すごいね……ラナ」

リックがなんだか、ビクビクしながら言った。

見た感じだが、軽く見積もっても1袋3キロが24袋。

総重量は70キロはある……。

採って来てとは言ったけど、あまりの量に軽く引くんですけど。

莉奈は、その量に呆気《あっけ》にとられつつ、とりあえず魔法鞄《マジックバッグ》に次々と入れた。ただ入れるだけなのに一苦労である。

「あ～～。どっこらせ」

最後の1袋を入れると、莉奈はトントンと腰を叩《たた》く。回数にして24回。腰にくる。

「リナ……オバチャンじゃないんだから、その掛け声はやめなさいよ」

ラナが呆《あき》れた様に言った。腰まで叩いていると、若い娘がオバチャンに見えてくる。リック達もクスクスと笑っていた。

「よっ……」

「よっこらせも、よっこいしょもないの‼」

ラナが言葉をきった。掛け声そのものの話であって、何を掛け声にすればいいと、云う話ではない。

「……ど……」

「どっこいしょもないの‼」

先を読まれた挙げ句……怒られた。


「これが……クレープ」

ラナ達に約束のクレープを出してあげると、甘い匂《にお》いに惚《ほう》けていた。どの世界もとくに女子は、甘い物には目がないようだ。

「バターとククベリーのジャムが中に塗ってあるから。手で持って食べられるよ」

一応ナイフとフォークは出してあるけど、クレープといったら手で持って食べるイメージが強い。紙が安ければ巻いてあげられたけど、そこまで上品にしなくてもいいかな、とそのままだ。小さめのサイズにしてあるし、食べにくくはないだろう。

「……ん。美味《おい》しい」

手では躊躇《ちゆうちよ》するのか、悩んでいるラナ達の横で、莉奈は手で持って食べた。その様子を見ていた1人が真似《まね》をして手で食べ始めると、躊躇しながらも1人、また1人と手づかみで食べていた。

「お……美味しい！」

「なにこれ。皮？　周りの生地が柔らかくて、すごく美味しい」

「中は、何が入ってるの？　甘くて酸っぱくて……あぁ」

「これ、ククベリーじゃない⁉　鳥のエサが、美味しい」

ラナ達は、それぞれの感想を言いながら、各々、至福の時を堪能していた。

……鳥のエサが、美味しい……って。……その言い方。

莉奈は、皆の話を聞きながら笑っていた。

◇◇◇

「さぁ、みんな〜〜。じゃがいもの皮を剥《む》いて下さい」

莉奈は、一旦《いったん》の休憩で弛《たる》んだ気を入れ直す様に声を上げる。

昼食も終わり、夕食の作業も兼ねて準備をする時間だ。敗けたチームも若干2名程クレープを食べられたので、ご満悦だった。

「何個剥くの～～？」

後ろの方から声が上がった。

「ん～～？　とりあえず、３００いってみよう‼」

足りなければ後から足せるし、こんな量を作った事がないので、想像もつかない。

「は～～～い」

美味しい物が出来て、それを一番に食べられる特権があると思えば、まったく苦ではない様だ。

「……リナは……何をしてるの？」

皆が一斉にじゃがいもを剥くなか、リナだけ一人で何か違う事をし始めたことを不審に思ったモニカが訊《たず》ねる。

「そういうモニカは、サボり？」

他の侍女達は、クレープを食べると満足し、ホクホクとして自室に戻って行った。

だがモニカは戻らず、見ているだけ。莉奈付きの侍女とはいえ、一日中張りつく必要はない。他の仕事に戻ればいい……のに戻らない。サボりだろう。

「サ、サボりじゃないわよ……」

尻窄《しりすぼ》みになりつつ、モジモジ言った。

莉奈の部屋は、掃除し終わっている。だが、ここは王宮だ、探せばまだまだ、他にもやる事が沢山あるのだろう。

だが、莉奈が何をやるのか、気になって仕方がないのか、ラナ女官長と一緒に残っている。

「ラナもサボり？」

ラナもやる事はないのは同じなのだから、モニカ同様、他の仕事に戻ればいい。

「サボり……じゃないわよ？」

と、同じくモジモジしている。

うん、サボりだ。どう考えてもサボりだ。

「…………」

だから、白い目で見てあげた。

皆がバタバタと夕食の準備に追われている中、二人は莉奈のする事だけを興味深そうに見ているだけなのだ。

「「……だ……」」

「……だ？」

「「だって〜〜気になるんだもの〜〜」」

莉奈の白い目に堪えられなかったのか、可愛《かわい》らしく、バカ正直に二人は言った。それには、作業をしていた皆も苦笑いしていた。気持ちがわかるからだ。

「…………はぁ」

莉奈は呆れてため息をついた。

なんだ、その理由。

「まぁ、別にいてもいいけど……」

「……けど？」

「誰か、ご飯を食べに来たら、給仕係してよね？」

時間差で警備、警護兵は来るのだから、せめてそのくらいは料理人の代わりにやって貰《もら》いたい。

「「は～～～い！」」

実にいい返事である。

「で？　何を作るの？」

モニカが改めて訊《き》いてきた。

「とりあえず、クク（ベリーを少しジャムにするのと……」

「するのと……？」

「パンを作ります」

莉奈は宣言した。そう、やっとだ。やっと柔らかいパンが作れる。なんだかんだと作る暇がなかった。

いや、普通は仕事がない莉奈に、暇がないのはおかしいのだが、なんか料理を教える事になったし、そんな事に時間を費やしている暇がなかったのだ。

第3章　パン作り

「……パン？」

モニカが首を傾《かし》げた。この表情からして、モニカもパン酵母の件は忘れている。そもそも、そこから莉奈《りな》が、料理をする様になった訳なのだけど。

「柔らかい、ふかふかなパン」

莉奈は、魔法鞄《マジックバッグ》からリンゴの入った例の瓶を出した。瓶に入った水は、アップルジュースの様に、透明なベッコウ色である。

「あ〜〜!!　それ!!」

やっぱりモニカは完全に忘れていた様だ。

「リックさん、あっちの作業台借りますね？」

角にパン専用の作業台があるのは、この間見た時に気づいていた。今はスープ作りに皆が集中している、だから邪魔にはならないだろう。

「……見ていてもいいですか？」

リックがものすごく興味深そうに、近付いて来た。

そもそも、リンゴと水で、出来ると思っていなかったに違いない。だが、莉奈が色々と作って見せた今なら、出来るのかもと信じている様だった。

「ん？　いいけど……全員来たらダメだと思うけど？」

そう、リックの後ろには、作業を止めた料理人達が莉奈を取り囲む様にぞろぞろとやって来たのだ。

「……お前達……」

リックは呆れた様に言った。とはいえ自分が筆頭なので、強くは言えない。

「だって、気になるでしょう？」

「リンゴと水ですよ？」

「柔らかいパンですよ？」

「リナですよ？」

皆が興味津々に言ってきた。

最後のリナですよ？　は、よくわからないのだけど？

「……とにかく、お前達はスープ作りに戻ってくれ」

リックがそう追い払えば、えーっとブーイング混じりにブツブツ言いながら、皆は持ち場に戻っていった。

「で、それをどうするんだ？」

皆を持ち場に戻したリックが言った。

……リックさんも大概だよな、と莉奈は思った。

「……色々とやる」

説明が面倒なので、大雑把過ぎる程の大雑把に言った。これでわかる者などいないだろう。

「……リナ……何、その説明」

呆《あき》れるような声が聞こえた。給仕係をしていたモニカが横を通りながら言ったのだ。

「だって、色々だもん」

粉と混ぜたり叩《たた》いたり、色々だ。上手《うま》く説明出来る訳がない。

「見て学べって、ことかな？」

リックは苦笑いしながら言った。実に勉強熱心で前向きだ。

……ごめん。たぶん、見てもわかんないと思う。

だって、料理番組のパン作り。絶対に1回見たぐらいじゃわからないし……。

「とりあえず、もういらないから、このリンゴは捨てちゃいます」

莉奈は、瓶に入っていたリンゴを流し台の、ゴミ箱に入れた。

これも後で、スライムちゃんのご飯になるのかな？

「なんか随分、スカスカになるんだね？」

ゴミ箱に捨てたリンゴを見たリックが、不思議そうに言った。

そう、発酵させた後のリンゴは、スポンジみたいにスカスカになる。ちなみに、このスカスカのリンゴ、食べてもいいけど美味《おい》しくはない。

「発酵すると、菌？　酵母菌が食べるんじゃない？　しらんけど」

知るわけがない。科学者ではないし、何故《なぜ》そうなるのかまで調べる人いる？　私は調べない。

「リナ……適当」

今度は、洗い物をしながら聞いていた、ラナが呆れ笑いしていた。

「だってしらん。んでもって、ボールに白い粉を入れる」

「「「白い粉って何⁉」」」

言い方が悪かったのか、皆がビックリした様に言った。

「……アハハ……強力粉です」

笑うしかない。自分で言っといてなんだけど、白い粉って説明があるかって話だ。それでいいなら、大体の粉が白い粉である。

ちなみに、薄力粉で作った事はないけど、作ったらどうなるのだろう？

膨らみが弱いし、モチモチはしないと思うし……。固めのパンになるのかな。

「で、強力粉と塩、砂糖を軽く混ぜて……」

大きなボールに、それらを入れて手で軽く混ぜる。もちろん手は洗ってるし、なんだったらウロウロしてるモニカに、浄化魔法をかけてもらってもいる。

「この、天然酵母を入れる」

リンゴの天然酵母だ。ほのかに香るリンゴの香りがまたいい。

「そんでもってとにかく捏《こ》ねる」

「……まぁ、パン作りは捏ねるけど」

リンゴの酵母を入れ、捏ね始めている莉奈に、リックが複雑そうな表情で言った。莉奈のざっくりした説明に、なんとも言えない様だった。

「それ、随分と柔らかいみたいだけど……?」

ボールに入った材料は、見た目が指に絡み付くくらいに、まだベタベタな状態だ。リックが、それで出来るのかと不安そうに訊いてきた。

「捏ねてくと、馴染《なじ》んでくるよ」

そこまでが、まず大変なのだけど。

パンにこだわらず〝水とん〟とかにすれば良かった、と莉奈は少し後悔する。本当に面倒くさい。

「あ〜。め〜んどくさ〜い。め〜んどくさ〜い」

「「「……リナ……」」」

イヤな掛け声を掛けながら、パン作りをするリナには皆、苦笑いだったり、クスクスと笑ったりしていた。面倒くさいのはわかるけど、そんな掛け声あるか……と。

しばらく捏ねたり叩いたりすると、あのぐしゃぐしゃだった生地が、まとまってきた。莉奈は慣れた手つきで、その生地を1つに丸くまとめると、濡《ぬ》れフキンをかけて温めたオーブンに入れた。

「……フキンを掛けたまま、焼くのかい⁉」

それを見たリックが、ビックリした様に言った。

「え？　まだ焼かないよ？」

「え？　でもオーブンに……」

リックは、さっぱりわからないのか、不思議そうに訊いてきた。オーブンに入れる、それすなわち〝焼く〟に繋《つな》がるらしい。

「あぁ、発酵させるの」

別にしなくてもいいが、しっとりさも違ってくるし、ふんわり感も違う。

「発酵……？」

さらにリックが訊いてきた。

ん？　なんか、このやり取り前にもなかったっけ？

「小一時間程、発酵させる」

冷蔵庫で一晩、低温発酵でもいいけど、さっさと作って食べたい。

「発酵って？」

「…………」

あれ？　やっぱり、このやり取りやった気がするぞ？

菌が増殖？　は違う気がしなくもないし……なんて説明すればいいのかな？

「生命誕生の神秘」

「……は？　壮大過ぎないか？」

近くでじゃがいもの皮を剥《む》いていた、副料理長マテウスが目を丸くした。パンの発酵がそんなにも、すごいスケールだとは思わない。

「わからねぇんだよな？」

いつの間にか戻ってきていた、エギエディルス皇子が笑いながら言った。

そういえば、エギエディルス皇子とこのやり取りをやったのだった。

「あれ？　エド、お昼食べたの？」

当然の様にそこにいた、エギエディルス皇子に驚く。

「食べたよ。すっげぇ、旨《うま》かった」

ニコニコするエギエディルス皇子には、莉奈もついつい目尻《めじり》が下がる。

「それ、何やってんだ？」

オーブンに入っているパン生地をガラス越しに見て訊《き》いてきた。やる事なす事が気になるらしい。

「ん？　パン作ってるの」

「パン？」

「そう、パン」

まだ、発酵段階で全然出来るのは先だけど。

「あっ！　例の柔らかいパンか⁉」

エギエディルス皇子はちゃんと覚えていたらしい。

「そうだよ。まだ、発酵段階だから、時間が掛かるけど」

「発酵……。リンゴの発酵と、同じなのか？」

エギエディルス皇子は、難しい事を訊いてきた。

「……う～～ん。発酵は発酵でも、違うかな？」

まったく違う訳ではないけど、厳密に言うと違う気がする。

「ふ～ん？」

エギエディルス皇子は、オーブンの中を見ながら、不思議そうに言った。訊くだけ無駄だと、思った様だった。

「あぁ、そうそう、フェル兄からの伝言」

何かを思い出したのか、オーブンから目を離し言う。

「へ？　国王様から伝言？」

国王からの伝言なんて、イヤな予感しかしない。

「足りない」

「…………は？」

「あれだけじゃ、足りないってさ」

なんだ、イヤな話ではなかったか。ってか、足りないって。

「あ～～そう」

としか言えない。

実際、足りないと言うが、莉奈が作ったご飯と、リック達が作ったご飯を持って行ったハズだから、足りないハズはないのだ。

それだけ、莉奈が作ったご飯が美味《おい》しかった、という事なのだろうか？

「……それと、旨い飯の礼に、なんか褒美をくれるってさ」

「マジか‼」

国王様から、ご褒美を貰《もら》えるなんて、スゴいラッキーだ。

しかも好き勝手にやってご褒美なんて、良い事ずくめではないか。

「リナ！　スゴい事じゃないか‼」

リックが自分の事の様に喜んでくれた。

「何をくれるのかしら？」

と、モニカ。だが、皆もそう思うのか、にわかにざわめく。

「なんか、欲しい物あるか？」

「なんでもいいの？」

「飯の分くらいいな？」

「う～～ん」

〝飯の分〟つまりは、ほどほど。だが、莉奈の欲しい物は、ほどほどではない。

「とりあえず、なんかあるなら、何が欲しいか言ってみろよ。無理なら無理って言うし」

悩んではいるが、何かを欲しそうにしている感じの莉奈にエギエディルス皇子は言った。言うだけはタダだ。

「お風呂《ふろ》に、浴槽が欲しい」

莉奈は、無理かな？　と、思いながら伝えた。

あの程度のご飯に対してのご褒美なら、過分かもしれない。だけど、浴槽に浸《つ》かりたい。いい加減、肉まん風呂はイヤだ。

「浴槽……？　なんだよソレ」

浴槽を知らないのか、眉宇《びう》を寄せたエギエディルス皇子。

まぁ知らないから、ないのだろうけど。

だがなんて説明すればいいのか、さっぱりわからない。

「身体《からだ》をお湯に浸からせる器？」

ない文化で育っているためか、それって必要か？」

「超絶必要です‼」

莉奈は、強く言った。浸かってないと、お風呂に入った気がしない。ゆっくり温まりたい。

脱！　肉まん‼

◇◇◇

「超絶って……そんな欲しいのかよ」

あまりの剣幕に、引き気味のエギエディルス皇子。

そんな物を欲しがる意味がわからない。

「欲しい‼」

小さくてもいいから、浴槽にのんびり浸かりたい。

「なんか良くわかんねぇけど、そのくらいなら……俺が魔法で作ってやるよ」

城や屋敷が欲しいと言っている訳ではないし、簡単に作れるしいいかなとエギエディルス皇子は快諾した。

「やっほ～～‼」

莉奈は、両手をあげて喜んだ。念願の浴槽だ。これで肉まん生活ともおさらばだ。

その喜び様に、ラナが呆《あき》れ笑いをしている。

「リナ……そんなに嬉《うれ》しいの？」

「ちょー嬉しい‼」

大喜びの莉奈である。なかば小躍りしそうな勢いだ。

「身体を、お湯に浸けてどうするの？」

モニカは、莉奈のあまりの喜び様に、浴槽が気になったらしい。

「のんび～～りする」

子供ではないので、泳いだり、オモチャで遊んだりはしない。……寝る事はあるかもしれないが。

「ふ～ん？　のんびりするだけ？」

「するだけ……だけど」

「だけど？」

「浴槽に浸かって身体を温めると、疲れも取れるし、肩こり、腰痛、不眠症にもいいんだよ？」

おまけに、源泉かけ流しの温泉だ。効能は良いに決まっている。詳しくは知らないけど！

「……え？　そうなの？」

モニカが驚いていた。温泉の効能なんて知らないで、使っているのだろう。

「そうだよ？　温泉治療って療養もあるし、擦り傷とか神経痛なんか良くさせるには、温泉に浸かるの有効だと思うよ？」

痔《じ》にも効くけど、それは言わない。

「え？　マジか⁉」

今度は、エギエディルス皇子が驚いていた。

「エドは別に……神経痛とかないでしょう？」

妙に食いついてきたエギエディルス皇子に苦笑いしてしまう。

全然子供だけど、実はあるのかい？


「ないけど！　疲れとか、擦り傷にいいなら……軍部の方にあった方がいいかなって」

真剣に考えているエギエディルス皇子に、莉奈は口端を弛《ゆる》めた。

基本的に真面目《まじめ》なんだよね、この子。だから、少しでもこの国を良くしようと、一生懸命で私を【召喚】させてしまった訳だし。

初めは当然、頭にもきたけど……今は可愛《かわい》いし弟みたいで、何か手伝ってあげたいと思う。

◇◇◇

「んじゃ、ちょっくら浴槽造ってもらいに行ってくる」

どうせ、パン生地の発酵には時間が掛かるし。少し過ぎたところで問題ない。

「ちょっくら……って。オバサン通り越して、オジサンだから」

ラナが呆れていた。

「なぁ、じゃがいも皮剥《かわむ》いたけど、どうすんだ？」

料理人の一人が、剥いたじゃがいもを見せながら訊いてきた。

「ん〜。全部茹《ゆ》でといて」

ポテトマッシャー的な物があれば、コンソメに入れて茹でた方が早いけど、見た感じはなかった。なら、後で濾すから別に茹でといてもらった方が、楽である。

「「了解〜〜！」」

「あ、パン生地は膨らんでくるけど、そのままにしといて。オーブン開けないでね？」

莉奈は一応注意しておく。もしも開けたら中の温度が下がって、せっかくの発酵が台無しだ。

「「わかった〜〜」」

皆の返事を聞いて莉奈は、浴槽のために足早に離宮に戻る事にした。

◇◇◇

「どの辺りに、造ればいいんだ？」

離宮の風呂場《ハマム》についたエギエディルス皇子は、造る場所を訊く。位置を決めない事には、どうにもならない。

「そだな……」

莉奈は、どこにしようか考える。真ん中はありえない、落ち着かないからだ。壁に沿った端にしたい。

「あっ、あそこのお湯が出てる辺りに、6畳くらいの大きさでお願い出来る？」

奥の正面、真ん中に、壁から源泉が流れっぱなしになっている所がある。本来そこで湯を汲《く》み、身体《からだ》にかけたりもするのだろうが、もう1ヶ所流れ出てる所があるし、1つくらい潰《つぶ》しても問題はないだろう。

「わかった。お前は少し離れてろ」

エギエディルス皇子はそう言うと、その場所の手前に立つ。そして腕を伸ばすと人指し指を、下から上にクイッと軽く動かした。

――――ズズン。

軽い地響きとほぼ同時に、言った通りの位置に、硬い土が盛り上がった。

高さは60センチ程の、硬い土で出来た半円の石風呂だ。

石風呂といっても、キレイに成形されているから、大理石みたいに光沢がある。そして、半円にしてくれたから、余計に高級感がある。

「エド……天才……」

莉奈は、その完成度に驚き、感服した。

造れとは言ったが、こんなにも完璧《かんぺき》な仕上がりに、驚きと喜びを隠しきれない。エギエディルス皇子の感性と、魔法の力に、莉奈はため息さえもれる。

「こんなんで、いいのかよ?」

エギエディルス皇子は莉奈に褒められ少し頬《ほお》を紅らめつつも、初めて造る浴槽に不思議そうな顔をする。

「こんなもそんなもないよ。エド……天才。超最高!!」

莉奈はもう一度言うと、エギエディルス皇子を自分に引き寄せ、頭を優しく撫《な》でた。褒めたくて仕方がない。

あんな大雑把な説明で、ホイッと簡単に、しかも想像以上の完成度で造ってくれたのだ。これを褒めなくて何を褒めるというのか。

「……そ……そう……かよ！」

照れ隠しに、横を向いたエギエディルス皇子。

莉奈にそこまで褒められるとも、喜んでもらえるとも思わなかった様だ。照れた表情《かお》も可愛《かわい》らしかった。

「……そういえば、お前、魔法使えんだから、自分で造れば良かっただろ？」

莉奈が使える事を、思い出したらしい。

「勝手に造るのも、アレだし……私、これくらいのしか造れない」

莉奈は、エギエディルス皇子がやったのと同じに、土魔法で床を持ち上げてみた。


――ズッ。


わずかな震動と共に、数センチ持ち上がった。

「…………」

「…………」

「……宝の持ち腐れってヤツか……」

エギエディルス皇子は、それを見ると複雑そうな表情《かお》をして言った。せっかく4属性も使えるの

に、これだからだろう。

……莉奈は少しやさぐれた。


造りたての浴槽に、ドバドバと溜《た》まっていくお湯を見て莉奈は、実に満足気に微笑《ほほえ》む。

これで、今夜は思いっきりお風呂《ふろ》を堪能できる。ニヤニヤが止まらない。

「お前……マジで欲しかったんだな」

そんな嬉しそうに笑う莉奈に、エギエディルス皇子は苦笑いしていた。

「エドも、自分の所に造ったら？　疲れはとれるし、グッスリ寝られるよ？」

「……そうだな。難しくないし、造ってみるかな」

そこまで言うなら造ってみようかなと心が傾くエギエディルス皇子であった。


「そういえば、エドさ」

溜まっていくお湯に満足しながら、莉奈たちは浴室を後にする。

「んぁ？」

「学校とか行かないの……？」

厨房《ちゅうぼう》へ帰る道すがら、莉奈はふと疑問を口にした。異世界にも学校はあるだろうし、皇子が通うような所もあるのでは、と思ったのだ。

まぁ、なんだかんだと、側《そば》にいてくれるのは楽しいし、構わないのだが、皇子としてやる事があるのでは？　と心配になってくる。

「あー。まだ、今は休暇中っていうか。学校で教わる事があんまない」

「ふ～～ん」

教わる事がない。すなわち優秀って事だ。なら、つまらないのかもしれない。

まっ、行きたくなければ行かなくてもイイとは思うケド。

上の兄達が何も言わないのだから、他人の自分が口出しする事ではないので口をつぐむ。

「それに、お前といた方が面白いからな」

「あ～そう」

最後の一言、余計だよね？

◇◇◇

「あっ！　リナ、帰ってきた」

王宮の厨房に戻ると、なんだかざわついていた。オープンの前に人だかりが出来ている。

フキンがかけてあるから、見えないだろうけど気になる様だ。

「どしたの？」

「じゃがいも茹で終わったよ」

人だかりに苦笑しつつ訊《き》けば、マテウスが答えた。じゃがいもを茹で終わり、気になった人達が角度を変えながら、オーブンのガラス窓からパンの様子を見ていたらしい。

「そう？　なら、それ全部、ザルで濾して」

「……全部……」

あまりの作業量に、今日何度目かもわからないが驚いている様である。今までが、そのまま切る焼く煮る……という簡単作業が多かっただけに、大変なのかもしれない。

「各々の部署？　に等分してザルで濾してね」

〝軍部〟〝魔法省〟〝王宮〟の1部署2個、合計6個の大きな寸胴がある。それに分けてじゃがいもを入れていかなければいけない。余程でない限りは、適当に入れても味に問題はない。ただとにかく、キレイに濾してもらわなければ、食感は悪くなってしまう。

「なんか、やる事がいっぱいあるな」

料理人がボソリと言いつつ、なんだか楽しそうな顔をしていた。

よく見れば皆も、ブツブツ言ってはいるが、表情は生き生きとして楽しそうだ。美味《おい》しい物が出来る、しらない事を学ぶ、それが今は楽しいのかもしれない。

「じゃがいも、濾したら寸胴に入れていいの？」

「いいよ～～」

莉奈がそう答えると、ザルで濾したじゃがいもを、各々寸胴に入れていく。

「私……砕けたじゃがいも……好きじゃない」

その瞬間、ボソボソと背後から呟《つぶや》く声が一つ。モニカだ。

「食べなきゃいいんじゃない？」

だれも、無理して食べろとは言ってはいない。クリームシチューの時もそうだけど、文句は言うけど、どうせ食べるに違いない。

「…………」

……うっわ、出たよ無視‼　コレ、絶対に出来たら食べるでしょ‼

「んじゃ、次は、さっきの炒《いた》めたたまねぎに、小麦粉を入れて軽く炒めて下さいな」

「小麦粉を入れて、炒めるのかい？」

リック料理長が訊いてきた。

「この間作った、ホワイトソースを作るの」

そう、この方法で作った方がダマになりにくく、なめらかに仕上がるのだ。

「方法が違うんだね？」

料理人としては、その違いが気になるらしい。

「用途によって、それにあった簡単な方法で作るの」

たとえばグラタンの時は、具材を炒めた後に小麦粉を入れて作れば、失敗知らずだ。簡単だし適当にでも出来る。

「へぇ～。なるほど」

「粉っぽさがなくなるまで炒めて、まだ粉っぽかったら少しバターを足して、炒めてみて」

「「は～～～い」」

粉っぽさが残らない程度に炒めれば、とりあえずはいい。

「うん、いい感じ。次は、そのまま一人は炒めたままで、もう一人が牛乳をゆっくり注いでいって……」

これで、ゆっくりかき混ぜながら仕上げれば、ホワイトソースは完成する。皆は言われた通りに、炒めている横からゆっくりと牛乳を注いだ。

だがこれ実は、多少ドバッと牛乳を入れても大丈夫なのだ。

小麦粉とバターだけで炒めて作る場合は、牛乳をゆっくり入れながらでないと、ダマになりやすい。だけど、具材を炒めた所に小麦粉を入れてから、牛乳を注いでくとドバッと入れても、ダマになりにくいのだ。なんでかは莉奈にも分からない。

「私……ミルク煮……好きじゃない……」

モニカがまた、ボソボソと呟いた。

あなたそう言っといて結局、牛乳のたっぷり入ったシチュー食べましたよね？

「じゃあ、寸胴に5カップの牛乳と、そのホワイトソースを入れて、良くかき混ぜて」

まぁ、牛乳は好みだろう。ミルク感が好きならたっぷり入れればいい。じゃがいもらしさを残したいのなら、なめらかにする程度に入れればいい。

「あぁ～」

牛乳を入れながら、モニカがまた残念そうに呟いた。

……ねぇ？　どうせ食べるんでしょ？　黙っててもらえませんかね？

◇◇◇

最後に塩で味を整え、ようやくそれは完成した。

「じゃがいものポタージュスープ、完成で～～す」

「「「いえ～～～い‼」」」

出来ればいつも通りの歓声が起きた。喜びは何度でもいいよね。

しかし、毎回思うけど、本当にスゴい量だ。これでも以前よりは、人が少なくなったらしい。

フェリクス王達が、前王の寄生虫の様な取り巻き連中や、事業仕分けをしたからだそうだ。

無駄をなくしたって事かな？

口で言うと簡単だが、ものスゴく大変だったに違いないと莉奈は思う。

「ちなみに、じゃがいもを他の野菜に変えてアレンジすれば、また違うポタージュスープになるよ?」

個人的なおすすめは、カボチャだ。

だけど、甘い物が苦手なフェリクス王はダメかもしれない。甘みが強くでるからだ。

「リナは、本当にスゴいな」

リックが感心した様に、呟いた。次々と新しい料理を簡単に作る莉奈に、ますます感服した様だ。

「スゴいなって、リックさん達の方がスゴいと思うよ? 自分達の仕事もこなしつつ、こうやって新しい料理も覚えていくんだから」

仕事とはいえ、こんな量を作るのもスゴいと思う。自分はただ本やTVを見て覚えただけだ。しかも、好き勝手に作るだけ、仕事として成立させているリック達を、純粋にスゴいと思うし尊敬する。

「そうかな……ありがとう」

照れ隠しに、頭をポリポリと掻《か》くリック。父くらいの歳《とし》なのに、なんだか可愛《かわい》らしい。

「さて、と。んじゃ、私はパン作りに戻るかな」

莉奈は、発酵が終ったであろう、オーブンの前に移動する。

オーブンを開け、ボールに入ったパン生地のフキンをとった。

「なんだか、スゴく、ふかふかだね」

リックが上から、興味深そうに覗《のぞ》いてきた。

「発酵したからね。じゃあこれの空気を抜いて……」

粉をふった台の上で、パン生地を軽く捏《こ》ね、空気を軽く抜く。そして、生地を6等分に切る。

「エド、手を洗って来なよ。自分のパン捏ねさせてあげる」

当然、皇子であるエギエディルス皇子にも焼きたてはあげるので、自分の分くらいは作らせてあげようと思ったのだ。

「えっ？　いいのか？」

そう言うエギエディルス皇子の瞳《ひとみ》はランランしていてやりたそうだ。

「だって、面白いよ？」

子供はこういうのは絶対に好きだ。弟も勿論《もちろん》好きだったたし、身分は関係ないだろう。

「なら、やる‼」

エギエディルス皇子は、嬉《うれ》しそうに流し台に向かった。

「リックさんも、やってみる？」

そのうち、リック達が作るハメになるはずだ。なので、どんな物か料理長として触れておくのもいいだろう。

「……やってみ……る」

なんだか、妙に気合いがみえる。真面目《まじめ》過ぎるな、と莉奈は笑う。

「洗って来たし、一応浄化もかけといた」

エギエディルス皇子の方は念入りに魔法までかけたらしい。

「じゃあ、私がやるみたいに、こうやって捏ねて……そうそう上手《うま》いよエド」

莉奈が、説明しながら言えば、リックもエギエディルス皇子も真剣にパンを捏ねる。なかなかエギエディルス皇子も上手い。

「……ふわふわだな、これ」

ふわふわのパン生地に、驚きながらもエギエディルス皇子は手をしっかり動かす。

「生地からして、全然違うんだな」

リックも、パン生地を捏ねながら、その柔らかさに驚いていた。

「で、最後はこうやって丸めて、鉄板にのせま～す」

要はソフトなバゲット風パンになるのだ。莉奈は、両手を使って2個作り鉄板にのせる。残りの2つはリックにやらせた。経験は積んだ方がいい。

「焼くんだな？」

エギエディルス皇子は、ワクワクした様に言う。

「ざんね～ん。二次発酵させま～す」

そう、まだ焼かない。二次発酵させ更にふかふかにするのだ。

「まだ、発酵させるのか！」

リックが驚愕《きょうがく》していた。あまりの手間に驚いていていたのだ。

そう、だからやりたくない。パンはたまに作るから楽しい。毎日はゴメンである。

「20分くらい発酵させたら今度は焼くよ」

見ていた皆も、まだなのかと、残念やら驚くやらである。

作る様になったら、みんな大変だね〜〜。

莉奈は、おそらく作る様になるだろうこのパン作りには関わりたくはないな、と心の中で笑っていた。

◇◇◇

二次発酵させ20分焼くと、ついに柔らかいパンが出来た。日本では、どこにでも売ってる様な、ただの柔らかいパン。

だけど、本当の意味で一から手作りだ。リンゴの酵母作りから、約1週間……長かった。本当に長かった。

「……出来たのか？」

オーブンから取り出して焼き具合を見ていると、パンの焼けた香ばしい匂《にお》いと、皆の息を飲むような静かなため息に誘われるように、エギエディルス皇子が見に来た。焼き上がるまで、食堂の隅で本を読んでいたのだ。

「いい感じに出来たよ？」

合計6個の、バゲットもどきなパンが出来た。ちなみに、りんごと水ではなく、りんごと砂糖水で酵母を作ると食パンみたいにふかふかのパンが出来る。今回はりんごと水なので、バゲットもどきだ。それでも普段のカチカチパンより、断然柔らかい。

とりあえず、フェリクス王達の分と自分の分しかないので、魔法鞄《マジックバッグ》の中にしまっておく。王達には、絶対に焼きたてを食べさせたいしね。

パンをしまっていると、皆は口にこそ出さないがしまうの⁉　って顔をしていた。たぶん、皆で分けて食べるんだと思っていたに違いない。

数が少ないのだから、そこは空気を読んでね？

「エド、味見してみる？」

もちろん、味見は味見。エギエディルス皇子の分は、さっき自分で成型させた分をちゃんと別にあげる予定。可愛いからね。

「…………っ」

エギエディルス皇子が、何かを言いかけた瞬間、

「殿下には、味見はいらないと思いま〜〜す！」

「自分の分がある人は、味見しないでいいと思いま〜〜す！」

見習いの子達が、手を挙げて言ってきた。

どうやら、味見させるぐらいなら自分達にと、思ったらしい。

そもそも、なんでもかんでも、作った物をあげませんよ？

「「…………」」

エギエディルス皇子と莉奈は顔を見合わせ苦笑いした。

皇子相手に、よく言う様になったな……と思うと同時に、食べてやるという気迫がスゴかったのだ。

……ハイエナこと、モニカは目が怖いし。

「エド無視していいから……私の分を、味見用に半分あげるね？」

ちなみに、私は王達にあげた残りを貰《もら》いますけど？　なにか？

「い……いいのかよ？」

エギエディルス皇子は、言いながらも少し怯《おび》えた様だ。

周りにいる人達が皇子に向ける目は、正直どうかしていると思う。エギエディルス皇子は、王族ですけど……？　そしてまだ、子供なんですけど？　そんな睨《にら》み付ける様な目で見ないでくれます？

「エドは皇子様なんだから、ドシンとせい‼」

莉奈はエギエディルス皇子の背中を軽く叩《たた》いた。

「……いっ……ばか力だし!!」

とエギエディルス皇子はよろめいてみせる。大袈裟《おおげさ》だし、失礼な子だ。

「言っとくけど、パンは6個しかないし、陛下達に渡したら、なんも残んないよ？」

いつまでも、皆がジッと見ているので、莉奈はきっぱり言った。

まぁ、1個くらいなら、誰かにあげてもいいけど。

「なんでよ？　フェリクス陛下、シュゼル殿下、エギエディルス殿下、リナの4人でしょ？　パンは6個なんだから、2個余るじゃない」

指を折り数えながら文句を言ってきたのは、ハイエナのモニカだ。

「……なんで、1人1個って決めつけるのかな？」

「……え、だって……」

「私の体型見て、何か思わない？　1個じゃ足りないなって」

痩《や》せたには痩せたけど、まだぽっちゃりだ。もう自虐的だが、黙らせるにはそれしかない。

「「「…………」」」

もれなく、全員が納得して黙りました。

……自分で言っといて、なんだけど……。

黙り込むのって、スゴい失礼じゃない？

そこは〝そんな事は〟って、言うのが優しさじゃないの？

……おーーーいっ‼

◇◇◇

食堂の隅で、エギエディルス皇子と二人でのんびり、焼きたてのパンを食べようとしたら、モニカ並に面倒くさいのが来た。

「リナ〜〜っ‼　それな〜に？」

警備兵のアンナだ。休憩時間になり、食堂に来たらしい。

「パンだよ。エド、初めはバターつけて食べ……」

「何そのパ〜〜ン！　初めて見た。美味《おい》しそう！」

空気も何も読まないアンナが、叫ぶ様に言った。仮にも皇子が目の前にいるのに、お構いなしである。

せっかく食べようとしていた、エギエディルス皇子も手を止めた。

「アンナ、うるさい。エドの食事の邪魔しないの」

莉奈は、アンナをシッシッと手で追い払った。

皇子の邪魔をするとは、スゴいな……。

「ぶーーっ」

アンナはブーイングをしながら、チラチラと見つつ他の席に移った。

「すげぇ……ジロジロ見られてンだけど……」

小窓からは料理長達が、食堂には警備兵達が……。

さすがの、エギエディルス皇子も、食べづらいらしい。

――パリッ。もしゃもしゃ。

「あ〜〜っ。焼きたてパン、うっま」

莉奈は、そんな視線はお構いなしに、バターを塗って焼きたてパンを頬張《ほおば》った。

うん、焼きたて最高‼

ほのかにリンゴの香りがするパンに、溶けたバターが染みていく。外側はカリッと、中はふわっと、溶けたバターの部分がまた美味しい。久々に作ったけど上出来だ。

「お前の、その強靭《きようじん》なメンタル……マジで尊敬するよ」

エギエディルス皇子は、ため息まじりに言った。莉奈を見ていると、視線を気にしている自分がバカらしくなってくる。

莉奈が半分に分けてくれたパンを、ゆっくりと手でちぎった。

「…………っ」

その柔らかさに、まず驚き。次に香ばしい香りに口が綻《ほころ》ぶ。

口に入れると、いよいよパンの柔らかさに、目を見開いた。

「パンが……柔らかい……サクサクふわふわ……何これ」

初めての柔らかい、ふかふかパンに感動しつつ、エギエディルス皇子はゆっくりと、大事に大事に咀嚼《そしゃく》する。

「……美味しい？」

「……お前が〝パン〟美味しいかって、俺に訊《き》いた訳が分かった」

大きく頷《うなず》くエギエディルス皇子。

以前に莉奈が、そんな事を訊いてきたなと、思い出していた。あの時は、おかしな事を訊くな……と思った。

だけど、今ならわかる。何故《なぜ》、自分にそんな問いかけをしてきたのか。

「俺は、今まで石を、食べていたんだな……」

感慨深そうに、エギエディルス皇子はボソリと言った。

今まで食べてきたパンとは、まるで違っていた。香り、食感、そして味、どれをとっても、このパンに勝るものがない。

莉奈とエギエディルス皇子を、固唾《かたず》を飲《の》んで見ていた皆は、パンの香ばしい匂《にお》いと、パンの噛《か》みきられるパリパリとした心地《ここち》いい音に、ヨダレを垂らしていた。

◇◇◇

「あっ！　そうだ、エド。コレ〝最強〟に美味しいパンにしてあげよっか？」

焼きたてだからバターだけでも勿論《もちろん》美味しいが、他に何かトッピングしたらもっと美味しくなる。

そして、今日はそのトッピング最強の食材がある。なら、やらない手はない。

「……最強……」

エギエディルス皇子は、パンを食べる手を止め、返事の代わりに、喉《のど》をゴクリと鳴らした。

「「「……最強……」」」

それを見ていた、皆も一斉に莉奈を見て呟《つぶや》く。


――ゴクッ。

生唾《なまつば》を飲む音がした。

「リ～ナ～!!　最強パン食べた～～い！」

堪えきれなかったアンナが、皆の代表の様に叫んだ。ただでさえ、そのふわふわパンを食べたいのに〝最強〟だ、食べたいに決まっている。

「………」

子供の様に叫んだアンナに苦笑いした莉奈。よくよく見れば、他の皆も、莉奈がどう出るか待っている状態だ。

「食べたい人〜〜」

莉奈が挙手を求めれば、もれなく全員勢いよく手を上げた。

まぁ、そうですよね？　なら、と莉奈は面白い事を考えた。

「それでは、これより〝最強パン〟を懸けて、〝食べさせたい人〟グランプリを行いたいと思います‼」

莉奈はガタリと立ち上がり、皆に聞こえる様に声を張り上げた。

「「「食べさせたい人、グランプリ〜〜⁉」」」

全員が、なんだそれ……と声を上げた。

食べたい人ではなく、食べさせたい人、なのだから。

莉奈は、数分後、切符程度の大きさの紙を大量に、後は靴が入るくらいの箱を用意して貰って来た。そして、皆に聞こえる様に説明をする。

「では、皆さんいいですか？　その配った紙に、〝食べたい人〟ではなく〝食べさせたい人〟の名前を書いて、この箱に見えない様に投函《とうかん》して下さい」

「……た、食べさせたい人〜〜⁉」

「え〜〜!?」

そう、食べたい人なら勿論自分を書くに決まっている。それだと、絶対に決まらない。だから、ここはあえての、食べさせたい人を書いて貰う。

人望が物を云うグランプリなのだ。

「上に相手の名前を、下に自分の名前を書いて、半分にたたんでなるべく、見えない様にこの箱に入れて下さい。自分の名前を書いた時点で失格になるからね〜」

と、一応注意はしておく。後は……まぁ、信用すると云うことで厳密にはしない。お遊びだしね。

「……た、食べさせたい人かよ……」

「お前、俺の名前を書いてくれよ。そうしたらお前の名前を書くからさ」

「誰か〜！　私の名前を書いて〜!!」

皆は、互いを見ながら、あるいは牽制《けんせい》しながら、紙に各々記入し箱に入れていった。

さて……誰《だれ》が食べられるのやら……。

莉奈は、そんな必死過ぎる皆を面白そうに見ていた。

◇◇◇

皆が、思い思いに投票していくなか、莉奈は〝最強〟パンを作る事にした。

まぁ、スゴく美味《おい》しいから最強なだけで、特別な事をするわけではない。さっき、冷蔵庫を覗《のぞ》いた時に珍しい物を見つけたから、それを使うだけ。この国には珍しいであろう〝ベーコン〟だった。

まずは、さっき焼いたパンを取り出し、斜めに5等分にする。冷蔵庫にある、ベーコンをスライスしてから、さらに一口サイズに切る。そうしないと、噛みきれなかったベーコンがビロ～ンとして、食べにくいからだ。

切ったパンにチーズをたっぷりと載せ、その上にベーコンを載せていく。

そしてオーブンで軽く焼けば、出来上がりだ。簡単だが美味しい。フェリクス王に出すなら、最後に黒こしょうを振ればピリッとしていいだろう。

「……エド～～、出来たよ」

焼いたチーズパンを載せたお皿を、莉奈がエギエディルス皇子の前にカタンと置けば、皆がさらに集まった。コレが貰《もら》えると……。

「みんなは放っといて、先に食べよっか?」

生唾ゴックンと聞こえる中、非常にマイペースな莉奈は、自分の分を食べ始めた。

「アッツ。はふっ……うっまっ」

お構いなしに食べる莉奈に視線が集まり、皆がさらに喉を鳴らす。チーズがトロトロと伸び、ベーコンはカリカリとしていて、濃厚な味だ。久々のベーコンは最高だった。

「……このベーコンどしたの? ブタいたの?」

莉奈は思わず訊《たず》ねた。

聞く前に使うなよって話だか、許可は下りてるしいいでしょ？

肉と云えば〝鶏肉《とりにく》〟メインだったし、エギエディルス皇子の話だと、いない様な感じだったので、てっきり無いものだとあきらめていたのだ。だから、余計に美味しい。

「少し……な。まぁ、輸入したりもしてるし……って、お前のメンタル、マジで強靭過ぎるんだけど……」

なんで、こんなに近くで見られているのに、気にもせずに食べられるんだ……とでも言いたげな表情だ。

「だってエド、アツい内に食べないと、チーズが固まって美味しくないよ？」

「……だなっ！」

エギエディルス皇子も、美味しい物の前に、皆の視線なんか吹き飛んだのか食べ始めた。

「ん～～チーズが……のびる～」

たっぷりのせたチーズが、口からパンまで橋の様に伸びていた。だが、それすらも楽しんでいるみたいだ。

「リナ～～。投票終わったよ」

誰からともなく、声が聞こえた。

莉奈達がチーズパンを頬張《ほおば》る中、〝食べさせたい人〟投票は終ったらしい。

「食べ終わるまで、ちょっと待ってよ」

どうして、ゆっくりパンを食べさせてくれないのかな?

「早く、早く～～‼」

アンナは、莉奈を急《せ》かす。おそらくだが、休憩の時間が終わってしまうから、急かすのかもしれない。

……が、莉奈には関係がないので、もしゃもしゃとマイペースに食べるのであった。

◇◇◇

「んんっ、美味しい! ……パンが……噛みきれるんだな。ベーコンが……チーズが……あぁ、美味しい‼」

結局、食べさせたい人で上位だったのは、リック料理長だった。莉奈が焼いてきたパンに、さっそく噛みついている。

ナゼ、リック料理長が1位だったのか? たぶんだけど、同僚に食べさせるぐらいなら、リックに……という流れかな、と莉奈は予想してみた。

「ベーコン……うっまぁ～～‼ パンが柔らかくてうっま～」

次点は、副料理長のマテウスだった。理由はリックと同じだろう。

リックよりは……と、思った一部の人がマテウスに投票した、そんなところかな……。

ご満悦な顔をしている。

「なんで～～‼　なんでみんな、私に投票してくれなかったの～～‼」

アンナは、皆を見ながら泣き叫んだ。子供だったなら、駄々っ子みたいに地面に寝そべり、バタバタしていたに違いない。皆は、呆《あき》れてシラッとしていた。

「ロックはもちろん私に、入れてくれたんだよね⁉」

今度はたまたま隣にいた仲間に、殴りかかる様な勢いで訊いている。どうして「もちろん」なのか訊いてみたいところだ。

「……入れてねぇよ」

そこは、ウソでも入れといたと、言っておけばいいのに。

誰が誰に投票したなんて、一部の人間にしか分からないのだから。

「なんでよ～～‼　私がこんなに食べたいのに～～‼」

アンナは、さらに足を地面にダンダン叩《たた》いて暴れた。地団駄を本当に踏む人間が、ここにいたのだ。

だが、〝こんな〟も〝そんな〟も〝アンナ〟も関係ない。

だって皆が皆、アンナと同じ気持ちだ、暴れないだけで。

「リ～～ナ～～‼　なんか作ってよ～‼」

皆が無視をするので、莉奈に直接言って作ってもらおうと考えた様だ。良くも悪くも、それでチーズオムレツは食べられたから余計にだろう。味をしめる……まさにこの事だ。


――ガツン‼


「いったぁ～～い‼」

「作らん！　うるさい！」

莉奈は、いつまでも駄々を捏《こ》ねるアンナの頭に、ゲンコツを一つお見舞した。一番年下のエギエディルス皇子は食べられるからともかくとしても、アンナより年下の警備兵達が我慢しているのにワガママ過ぎるからだ。

「だって～～」

涙目になりながらも、まだブツブツ言っている。

「休憩終わりでしょ？　ほら、仕事仕事‼」

わざとらしくアンナの顔の前で、パンパンと手を叩いてやる。こうでもしないと、収まらないだろうからだ。

「リナのばか～～‼」

去り際にそんな事を言いながら、アンナは半べそをかき、あきらめて仲間と仕事に戻って行った。

「……ったく」

莉奈は、ため息をついた。ナゼに欲望のまま騒げるのか、莉奈には理解が出来ない。

だが、同時に納得もした。ああいう子供がスーパーで騒いでいるのか……と。

これから、スーパーで騒ぐ子供を〝アンナ〟と呼ぼう。戻れたらの話だが。

「…………」

莉奈はやっと騒がしいのがいなくなり、席に戻ろうとした時。ある一角に目が止まった。

それは先程まで、ニコニコと実に嬉《うれ》しそうに食べていたリック料理長が、悲壮感を漂わせ真っ白になっていたからだ。あんなに嬉しそうにしていたのに……どうしたのだろう？

チラリとその隣を見れば、対照的に奥さんのラナ女官長がホクホク顔で、ベーコンチーズパンにかぶり付いていた。

……ラナさんや……。

リックさんのを、奪ったんかい‼

夫婦の力関係を目の当たりにした莉奈が脱力感を覚えていると、

「……そっか、旦那《だんな》か……彼氏がいれば」

耳元に、なにやら不穏な空気を纏《まと》ったモニカの、呟《つぶや》く声が聞こえた。

「…………」

莉奈は、そんなモニカを見てゾッとした。

この人……食べ物を奪う前提で、恋人を作るつもりでいる。恐ろしいオンナだ…………。

モニカの未来の旦那に、ナムアミダブツ…………。

莉奈は、心の中でお経を唱えていた。

ちなみに、奥さんにパンを取られたリック料理長には、温かいポタージュスープをたっぷりよそってあげたら……。「じゃがいもの優しい甘さが、心に染みる……」と涙目になっていたよ。

第4章　何を作ってあげようかな？

【食い物の恨みは怖い】

昨日《きのう》の様子を見ていたら、ふとそう頭に浮かんだ。

たぶん、この言葉は………この国の人達のためにある言葉だと思う。

「エド、おはよう」

疲れた身体《からだ》を癒《いや》してくれるのは、可愛《かわい》いエギエディルス皇子だけである。毎朝の様に来てくれるこの皇子に、莉奈《りな》は心が癒されていた。

「おはよう、リナ」

もはや、当然の様に莉奈の客間で、紅茶を優雅に飲んでいても、気にはならないから不思議だ。習慣って恐ろしい。

「朝ご飯は……？」

「お前と食うから、食ってきてないよ」

「……そっか」

莉奈は、口元がフニャリと緩む。一緒に食べるから……なんて、可愛過ぎる。朝から、萌《も》え死にそうである。

「スープが旨《うま》いから、固いパンでもまだいいけど……昨日のあのパン食ったら、石ころパンなんて食えたもんじゃないよな」

朝食を食べながら、エギエディルス皇子が言う。

柔らかいパンを知った後だと、余計にこのパンは固く感じるから不思議だ。

この間このパンを鳥にあげたら、啄《ついば》んだ途端にくちばしに刺さって、コツコツ地面に当てて必死に取っていた。

えっ⁉　ナニをくれたんだ、このクソ人間が‼

……って、顔をしていたかはナゾだけど。

鳥もチラリとこちらを見ていた。あまりの固さに目を丸くしたのだろう。まぁ、後で取れたから良かったものの……鳥も災難である。

「あ、柔らかいパン、後一個残ってるから半分こしよっか」

莉奈は、魔法鞄《マジックバッグ》から最後の一個を取り出して、半分をエギエディルス皇子に手渡した。

「……ありがとう‼」

と少しはにかんだエギエディルス皇子は、本当に可愛い。

逆に、まだ一度も柔らかいパンに、触れることも出来ないでいるモニカの目は……人様に向けたらいけないレベルだと思う。

目で人を射ぬく……とは、この事なのだろうか？

「モニカ……。半分あげるよ」

莉奈は、自分の分を半分にしてソレをモニカに、もう半分をラナにあげた。まだ、リンゴの酵母はあるから作れるし、自分の分をあげたのだ。

「ありがとうございます‼」

モニカは遠慮する素振りも見せずに、パンを受け取った。

「……い、いいの？　リナ」

一方ラナは、自分の分をくれる莉奈に、配慮を見せている。

昨日、旦那のリックから奪い取って食べたから、余裕があるのか……本心から莉奈に配慮を見せているのかは、さだかではないが。すでに自分の物だと、ホクホク顔のモニカとはエライ違いである。

「いいよ。まだ、作れるし……」

面倒くさいけど……面倒くさいけど‼

「ありがとうございます」

こういう時は、敬語に戻るのか……と、莉奈も苦笑いだ。

「……んっ」

「…………え？」

「ん。俺の、半分食えよ」

エギエディルス皇子が、さっきあげたパンを半分にして莉奈に突き出した。照れ臭そうにそっぽを向きながら……。

「……ふふ……ありがとう、エド」

エギエディルス皇子の優しさが、胸に沁《し》みる。

ちょ〜可愛いんですけど……。よし‼　お菓子を作ってあげよう。

莉奈は、柔らかいパンを食べながら、エギエディルス皇子のために、なんのお菓子を作ってあげようか、考えるのであった。

◇◇◇

「紅茶に、ククベリーのジャム入れると旨いよな〜」

最近のお気に入りになったのか、ククベリージャムを入れた紅茶を、エギエディルス皇子が食後に楽しんでいた。

「リンゴとククベリーどっちが好き？」

「う〜〜〜〜ん」

どっちかなんて選べないのか、腕を組んで悩んでいる。生で食べるリンゴは苦手でも、ジャムにすると別らしい。

なんだか真剣に悩むエギエディルス皇子は、妙に可愛らしかった。

「エドさ、リンゴのコンポートが好きなら、焼きリンゴ作ってあげようか？」

自分は焼いたリンゴは好きではないが、エギエディルス皇子はリンゴジャムが好きだから、たぶん好きな味だと思ったのだ。

「「「焼きリンゴーー⁉」」」

エギエディルス皇子に混じって、ラナ、モニカまで反応した。

もう、莉奈が作る＝美味《おい》しい＝食べたい……に直結している様である。

「なんで、ラナ、モニカまで反応するかな……」

厨房《ちゅうぼう》で作る限り、食べられる確率なんて１００％ではないのに。

「だって……」

「……ねぇ？」

ラナ、モニカは顔を見合わせると、首を可愛《かわい》らしく傾《かし》げていた。

なんだかこの二人、最近は特に仲が良さそうだ。

「焼きリンゴって、リンゴを焼くのか？」

莉奈の作る物ならなんでも興味があるのか、目がキラッキラッして眩《まぶ》しいくらいだ。

「そうだよ。バターと砂糖をリンゴにブッ込んで焼くの」

そして、超簡単。だからキライだけど、作り方を知っているのだ。じゃなければ、キライな物に興味はない。

「ブッ込ん……リナ、他に言い方はないの？」

ラナが苦笑いしつつ、莉奈のあまりの言い様に注意した。仮にも淑女なのだから……と言いたいのだろう。

「おリンゴに、おバターとお砂糖を、グリグリとおブチ込んで焼くのでございますよ？　オホホ」

と莉奈は、わざとらしく口元を隠して言ってみる。

「なんでも、〝お〟を付ければイイって話じゃないのよ……リナ」

ラナはさらに呆《あき》れた。なんでもかんでも〝お〟を付けた処で、上品という訳ではない。根本的な問題が何も改善されていないのだから。

かたやモニカは吹き出していた。そんな言葉遣いを初めて聞いたのだ。

「ですってよ、おエギーラ殿下」

オホホ、と莉奈は、エギエディルス皇子に話を振った。

「ブッ……っ……」

エギエディルス皇子は、紅茶を吹き出した。

そして……。

「お前っ、人の名前にまで〝お〟を付けるなよ‼」

と呆れた様に言った。

「「「…………」」」

いやいや……あなた、そもそも〝エギーラ〟じゃないでしょう？

◇◇◇

「あっ、リナだ。おはよう‼」

「おっはよう～リナ」

厨房に行くと、誰《だれ》とは云わず挨拶《あいさつ》をしてくれる。

もう料理人の人達には溶け込めたのかな……と莉奈は嬉《うれ》しくなる。

「今日は、何作るの～？」

まぁ、もれなく次の言葉はそうくる訳だけど。何も作らない場合は、皆の反応がどうなるのか、逆に気になる。

「焼きリンゴ、作るよ」

そう莉奈が言えば、皆が一旦《いったん》作業を止めて注目するのも恒例になっている。もう、注目も慣れてしまった。慣れって怖い。

「リンゴを焼くのかい？」

リック料理長が一番に訊《き》いてきた。焼きリンゴと云うから、焼くのはわかるのだろう。

「そう、リンゴにバターと砂糖をブッ……おブッ込んで焼きます」

ラナの目が険しくなったので、途中から言い方を変えた。たいしてどころか、何も変わった感じはしないが……。

「……ぷっ……おブッ込んで……って、なんだよ、リナ」

副料理長のマテウスが、笑いを堪えながら言った。そんな言葉を聞いた事がないからだ。

「だって、ブッ込んでって言ったら怒るんだもん」

「当たり前でしょ。あなた女性なのよ？」

莉奈が、ブツブツ文句を言えば、ラナ女官長が呆れた様に言った。口が悪すぎると。

「オンナ……面倒くさい……」

「「「……リナ……」」」

ため息混じりに、そんな事を言う莉奈に、皆はこめかみをつまんでいた。女が面倒くさいって
……。

「では、〝焼きおリンゴ様〟を作ります」

「……へ？」

「……は？」

「……ぷっ……」

一瞬目を丸くすると、どこに〝お〟や〝様〟付けるんだ……と皆は吹き出していた。

だが莉奈は、そんな皆をよそに、お構いなしに焼きリンゴの説明をしながら、作り始める。

「まずは、キラキラと素敵な、おボール様にお砂糖とおバターを入れさせて頂きます。大変失礼だとは思いますが、それをグリグリとお混ぜになって下さい」

「……ぷっ……おボール……様って……」

「……ブフッ………グリグリは……いいのかよ」

「次に、丁寧に丁寧に芯《しん》をくり抜かせて頂いた〝おリンゴ様〟に、先程混ぜさせて頂いた、お砂糖とおバターを失礼ながらこの様に、お入れになって下さい」

「…………ぷっ……おリンゴ……様」

「……お……バター……って……」

どんな説明だ……と、皆は口元を必死に押さえていた。

丁寧過ぎるにも程がある。色々気になって、説明がまったく耳に入ってこない。腹を押さえたり、口元を押さえたり、そっちの方が大変だ。

「そして、お腹《なか》におバター等を入れさせて頂いた、おリンゴ様達には大変恐縮にございますが、鉄板に整列して頂いてもらいましょう」

「ぷっ……お腹に……」

「恐縮……って……何に……ぷはっ」

「整列……って……」

「最後は、逞《たくま》しく立派なオーブン様に、これまた忙しいとは思いますが、20分程貴重なお時間をさいて頂き、焼いて貰《もら》いましたら出来上がりにございます」

と、莉奈がリンゴをオーブンに入れた瞬間、

「「「……アハハハハッ……‼」」」

どんな説明なんだよ‼　と一同大爆笑だった。

「逞しい……オーブン様……‼」

「ブッ……貴重な時間を……さいてって‼」

「……確かに……忙しいけど……忙しいけど‼」

「何に……配慮してるんだっつーの‼　……アハハ！」

皆は、もう我慢が出来ず、腹を抱えて爆笑していた。莉奈の変な説明に堪えきれなかったのだ。

そんな料理の説明なんて、聞いた事がない。一体何に敬意を払っているのだ。

面白すぎて、腹がよじれ、痛いぐらいだった。涙が出てくる。

……そして。

まったく、焼きリンゴの作り方が分からない‼

◇◇◇

「……ぷっ……焼きおリンゴ……旨《うま》いな」

エギエディルス皇子が、食堂で焼きリンゴを食べつつ、笑いを堪えていた。どうやら、ツボに入ったらしい。

「そう……ですね……焼きおリンゴ様……美味《おい》しいですね」

朝食後に一つは多いので、皇子と分けて食べているモニカが言った。同じく笑いを堪えている。

「焼き……おリンゴ……ぷっ……作り方、簡単なのね……？」

ラナ女官長も、もれなく笑いながら言った。

あれからもう一度作り方を説明した訳だけど、簡単過ぎて皆が驚いていたぐらいだ。

だって、芯をくりぬいて、そこにバターと砂糖を混ぜて入れる。焼く。それだけなのだ。後は、好みでシナモンを入れたり、レーズンを入れたりすればいいだけ。ムズカシイ事など、何一つない。

「リナは、食べないの？」

ラナが訊いてきた。皆が食べているのに、一口も食べていないからだろう。

「焼きリンゴ、好きじゃないし」

どうも火の通ったリンゴが苦手だった。

アップルパイの方が、まだ食べられる。リンゴだけは無理。

「好きじゃないのに、作れるの⁉」

モニカが、びっくりした様に言った。キライなのに作れるのが不思議らしい。

「そうだよ？　だって、スゴく簡単なんだもん」

なんだったら、エギエディルス皇子より小さい弟でも作れるくらいだった。

「まぁ、確かに簡単だったけど」

「キライな物、作れるってスゴいわよね」

モニカ、ラナが感心した様に言った。作らない側からしたら、余計にそうなのかもしれない。

「……シュゼル殿下には、どうしようか？　一応作って持ってく？」

莉奈がそう訊《たず》ねたのは、焼きリンゴの好みが分かれる所だからだ。料理人の中でも苦手な人がチラホラいたし、甘いから好き……とは限らない。

「……あっ！」

莉奈が訊くと、エギエディルス皇子は何かを思い出したのか、食べる手を止め声を上げた。

「シュゼ兄達が、呼んでたんだ」

「……誰《だれ》を？」

「……リナ」

「………………」

「…………………」

……呼んでたんだ……じゃねぇよ‼　エドは、どうして、毎回そう大事な事を忘れるかな？

……頭、叩《たた》いていいかな？

「……えっと……ゴメン？」

莉奈達の冷たい視線に堪えきれなかったエギエディルス皇子は謝った。

「……エギエディルス殿下……そういう大事な事は、お忘れにならないで下さいませ‼」

ラナは建前上だけ注意をした。本気では怒ってはいないが、焦ってはいた。

だって、シュゼ兄〝達〟だ。フェリクス王も呼んでいるのだろう。

「……ゴメンって‼」

少し焦り、もう一度謝ったエギエディルス皇子。モニカも慌てた様に立ち上がっていた。

「王様が呼ぶのってなんて言うの？　しゅっかん？　しょうとう？」

暢気《のんき》な莉奈は、首を傾《かし》げたままで立ち上がらない。

王様に呼ばれる事って、なんか違う言い方があるんだよね？

使った事がないから、知らないけど。

「……召喚‼」

ラナ、モニカがハモって教え……ツッコんできた。

「あー召喚か。召喚っていろんな使い方があるんだね〜」

莉奈は、のんびり紅茶を飲みながら言った。

【聖女】を喚《よ》ぶのも【召喚】。裁判とかで証人を呼ぶのも【召喚】……言葉ってムズカシイな……と莉奈は、相変わらず暢気だった。国王陛下が呼んでいるのに……だ。

「リナ‼　暢気に紅茶なんか飲んでないで、早く行きなさい‼」

ラナがもれなく、出入り口を指差し強めに言った。

「今さら、焦って行ってもねぇ？」

いつから呼んでいるのか知らないけど、今さら、一分焦った所でどうしようもない。

「リナ‼」

フェリクス王達が呼んでいるのに、莉奈がまだ紅茶を暢気に飲んでいるのだから、今度は皆が冷や汗を掻《か》き始めていた。

普通だったら、バタバタと何もかも放り出して行くのが常識的だ。なのに、のんび〜り、まった〜り、としているのだ。皆の方が自分の事の様に焦っていた。

「リナ‼　早く行って来いよ‼」

「国王陛下が、呼んでらっしゃるんだぞ⁉」

副料理長のマテウス達が、叫ぶ様に言った。

でも、焦らない。行きたくないからだ。

むしろ、用があるなら来ればいいのに……アハハ。

「「「……リナ‼」」」

暢気過ぎる莉奈に、気付けば全員が叫んでいた。


「ほらっ！　リナ行くわよ！」

莉奈はラナ、モニカに両脇を掴《つか》まれ、ズルズルと引きずるように扉に連れていかれる。

遠慮も配慮も、なくなったよね～～。

「りバ……ばやく、モグモグ」

「モニカ……あなたは、食べながら話さないの‼」

モグモグと口を動かすモニカに、ラナが注意する。モニカの口の中は、焼きリンゴで一杯だった。

「だって、残したら……モグモグ……食べられちゃう……モグモグ」

「「「……………………」」」

……ここに、モニカの食べ物を取る、チャレンジャーはいないと思うけど？

だって……ナニをされるかわからんし。

「まぁ……どうせ、今さら行ったって、シュゼル殿下には何か言われると思うけど……？」

両脇をガッチリ掴まれたまま、莉奈は言った。

「何かって？　なんで、遅れたんだ……ってか？」

エギエディルス皇子が、そんな莉奈を見ながら、複雑そうな表情で訊《き》いた。罪人みたいに、引きずられているからだろう。

「それはホラ、エドのせいだって言うけど」

「…………」

「エドも私も、甘～い匂《にお》いさせて行ったら……シュゼル殿下がなんて言うかな……？」

甘味に目覚めた、アノお方が……何も言わないなんて事、あるのかな？

「あ～～～そっち……な」

エギエディルス皇子は、納得したらしい。

ただでさえ、甘味、お菓子に敏感なのに、二人揃《そろ》って甘い匂いなんてさせて行ったら、何を言われる事やら。

ましてや、自分の分はありません……なんて、ねぇ？

「……なら、どうするのよ？」

モグモグタイムは終わったのか、モニカが訊いた。唇がバターで、テカテカしているのは、黙っておいてあげよう。

「どうせ、遅れるんだから……。シュゼル殿下には、焼きリンゴを。フェリクス陛下には、なんかガッツリした物を作って行こっか」

莉奈は、2人の拘束をスルリとほどくと、厨房《ちゅうぼう》に向かった。

「あっ……なら、俺、からあげ食べたい‼」

莉奈の後ろに、可愛《かわい》らしくチョコチョコと付いて来た、エギエディルス皇子が手を挙げた。この間食べたからあげが、余程気に入ったらしい。

「ハイハイ、からあげね？」

莉奈は、クスリと笑った。やっぱり、子供は皆好きなんだな……と。

「ハーイ！　私も食べたいで〜す！」

モニカも真似《まね》をして、手を挙げた。

振り返ってみれば、皆も同意見なのか、目で無言で訴えている。

「別に、いいけど……」

と莉奈が言えば、

「「やったぁ〜〜〜‼」」

と手を挙げハイタッチ。皆が嬉《うれ》しそうに喜んでいた。

だが……莉奈が、ボソリと言葉を続ける。

「……太るよ？」

「「…………え？」」

皆の弾ける様な笑顔が一斉に、固まった。

「焼きリンゴには、バターと砂糖をたっぷり入れて焼いてるし。からあげなんて、油がたっぷり入った鍋《なべ》に入れて揚げるんだもん……ふ・と・る・よ？」

莉奈は、もう一度言った。

太るモト、元凶と云ってもいい、〝糖〟〝脂肪〟を、たっぷり摂ればそりゃ太るよね？

なんだったら、生き字引が目の前にいる訳だし。わかるでしょ？

まぁ、太る程の量は口にしてはないけど、一応言ってはおく。

「「「…………………」」」

信じたくないのか、信じられないのか、皆が押し黙った。

それはもう、引くぐらい静かに……。

◇◇◇

まぁ、結局……匂いに負け現実逃避した皆は、じゃんけんタイムに突入。勝った一部の人は、ハイカロリーのからあげを、それはそれは美味《おい》しそうに食べていた。

そして莉奈の作る、美味しい物は大半が〝糖〟と〝脂肪〟で出来ている訳で、この調子で運動もせず食べていけば、第二、第三の莉奈が生まれていくのだろう。

アハハ……仲間が増える～～!!

「……お前……ナニ……ニヤニヤしてるんだよ」

若干、引き気味なエギエディルス皇子。

二人でフェリクス王の所へ行く途中なのだが、一人でニヤニヤしていたらそれは不審に思うだろう。

「オホホッ……」

莉奈は、口元を押さえ笑って誤魔化《ごまか》した。まさか、デブが量産されるかもしれないのを、楽しんでいるなんて言えない。

「…………」

さらに、一歩エギエディルス皇子は引いた。

ロクな事を考えていないと、察したのかもしれない。

「……どうでもいいけど、王様達はなんで私を呼んでるの？」

王の下に近付くにつれて、かったるいな……と、莉奈はため息が出た。

「あぁ、パンの事だよ」

昨日《きのう》フェリクス王達に渡した、柔らかいパンが原因らしい。

莉奈から夕食として受け取ったパンに、兄達はものスゴく驚き、エギエディルス皇子に色々詳しく訊いてきたそうだ。

だが作り方さえ知る訳もなく、これは直接訊いた方が早いと、呼ぶように言われたのだ。

「うわっ……面倒くさ〜〜〜い」

作るのも、説明するのも、面倒くさい。莉奈は思わずそう口にした。

一から説明するのも大変なのに、0からだ。面倒くさいの極みである。

「お前……マジで……豪胆っていうか……」

王に会う緊張よりも、説明しなければならない事への嫌気が勝っているなんて、普通だったら考えられない話だ。

大抵は、極度の緊張で顔が蒼白《そうはく》になったり、震えたりするものだが、莉奈の場合は面倒くさがって、渋面顔なのだ。そんな人間が今までいただろうか……。

「あげなきゃ良かった」

と肩まで落として見せる。

「……お前なぁ」

エギエディルス皇子もこれには苦笑いしか出なかった。

◇◇◇

「うっわ……」

あっという間に、フェリクス王の執務室に着いてしまった。

謁見《えっけん》の間でないだけでもいいのだろうけど……なんか、これはこれで緊張する。空気が重々しい。

「……遅かったですね？」

扉の前には、警護兵はいなかったが、代わりに執事長様《イベール》がいた。

いつからそこにいたかも分からない。機嫌が悪いのかも分からない。相変わらずの無表情のイベールがそこにいた。

なんだ、あのカッコいいヤツ見られないのか……。

以前謁見した時に見た、警護兵の槍《やり》を床に一回叩《たた》くあのカッコいい知らせ。莉奈は、それが見られるのを少し期待していただけに、ガッカリだった。

「あーー……言うの忘れてた？」

莉奈がガッカリしている横で、エギエディルス皇子が苦笑いしつつイベールに正直に言った。

それが正解とは思えないが、ウソをつくよりはいいのかもしれない。

「…………………………フェリクス陛下達が、先程からお待ちです」

前半のものスゴい間が、怖いと思うのは私だけだろうか？

まぁ、私も忘れてたエギエディルス皇子は、どうなのかな……とは思いましたけどね？

そんな莉奈の恐怖をよそに、イベールは中にいるフェリクス王に莉奈達が来たのを伝えると、扉を開けて二人を中へと促した。


……うげっ。

超絶美形な王様達が、ガッツリこっちを見ていた。

そして、お高そうな上座のソファに長い足を組んで座っているフェリクス王が、面白そうに口端を上げて見ている。

相も変わらずカッコいい。気を抜くと見惚《みと》れてしまいそうだ。

シュゼル皇子は相も変わらず、ほのほのと微笑《ほほえ》んでいますけど……くやしいくらいにお美しい。

写真を撮りたい。

「…………………………」

私……思うんだけど、フェリクス王が笑っている時って、ロクな事がない気がする……。

すみませんが、横向いてもらってもいいですか？

この二人とは……。アイドルとファンぐらいな、距離感でいたい……。

……と、思う莉奈だった。


「……遅かったですね？」

とシュゼル皇子はニッコリ。

たぶん、扉の外の会話は、聞こえていたと思うのだけど……。

わざとか、わざとなのか……！

「大変申し訳ございません、フェリクス陛下ならびに、シュゼル殿下……実は、ここに居られるエイプリル殿下が伝え忘れた様で、耳にしたのが何分先程でした……」

「……エ……イ……」

フェリクス王は、一瞬目を見開くと……下を向いて口を押さえていた。

莉奈が、頭を深々と下げながらシレっと言ったからだ。自分のせいではないのだと、アピールするのもあり得ないが、それに加えて弟の名前をわざとなのか適当に言ったのだ。

〝エイプリル殿下〟とは、誰《だれ》なのかまず訊きたい。普通なら間違われたエギエディルス皇子は勿論《もちろん》のこと、兄王達に不敬だと斬られた所で、誰一人として異議を唱える者などいない。

「……お前……マジで……スゲェわ」

エギエディルス皇子は、呆《あき》れを通り越して脱帽していた。

兄達に向かって、堂々といい加減な事を言ったのだ。

莉奈の強靭《きようじん》過ぎるメンタルに、エギエディルス皇子は唖然《あぜん》だった。

「くくっ……お前……ネコは飼う予定は、もうないのかよ？」

莉奈が猫を被らず初めから素なのを見て、フェリクス王はそう言った様だ。

「私……ネコアレルギーなんで」

と微笑んで見せた莉奈。実際の所、別にアレルギーなんてものはないが。本性がバレているのに、今さら猫を被る意味があるなんて思えない。

「……くっ……そうかよ」

さらに、フェリクス王は愉快そうに笑った。

どうやら、フェリクス王的には、こっちの莉奈がお気に召したらしい。エギエディルス皇子もシュゼル皇子も、兄が怒るどころか楽しんでいる様なので、莉奈を叱責するのはやめた様だった。

「……はぁ……リナ、程々に……座りなさい」

シュゼル皇子は、深いため息を一つ吐《つ》くと、一応形だけ注意をし、自分の向かい側に座る様に促した。楽しんでいるのは、別に兄王だけではない……自分の中にもどこかそういう側面があったからだ。

「……失礼致します」

あ～帰りたい。

莉奈は表情にこそ出さなかったが、内心は帰りたくて仕方がなかった。

フェリクス王の執務室には、無駄な物が何一つとしてなかった。

30畳程の部屋には、奥の窓際に執務用の机や椅子がある。右の壁側にも机が1つあるのは、氷の執事長、イベールのかな……と莉奈は予想してみた。窓側の壁には、日が直接当たらない様に、書類棚と本棚。

その机の前に、この来客用のソファとローテーブルがある他に、余計な物がない。

社長室みたいに歴代の王様の肖像画でもあるかと、莉奈は勝手に思っていたが、絵画的な物も一切飾られていなかった。当たり前だが、ゴルフのパターセット等もない。

まぁ、フェリクス王なら、歴代の王様の肖像画を飾るイメージはなかったけど……花の一本くらいはあっても良い気がした。フェリクス王の執務室に、花もなんだか変かもしれないから、これはこれで、らしくていいのかも。

上座のソファがこちらの二人掛けより、少し高さがある気がするけど、背の高いフェリクス王仕様になっているのだろう。

しかし、このソファはフカフカで本当に気持ちがいい。

部屋の色合いも落ち着き、王様の執務室なのになんだか居心地《いごこち》がいい。本でも読んでいたら、眠くなりそうである。

居心地が良くていいのか……？　複雑なところではある。

「キョロキョロすんなよ」

不躾《ぶしつけ》もいいところだと、遠慮なく部屋を見渡していた莉奈に、エギエディルス皇子が呆れ笑いした。今まで、気になるにしても、こんなに堂々と見渡す者を見た事がない。初めの緊張はどこにいったんだ……と。

「だって、王様の執務室なんて、見る機会なんてそうそうないでしょ？」

莉奈は正直な感想を言った。アッチの世界にしろ、コッチの世界にしろ、王の執務室なんて見る事はそうそうないだろう。だから、見られるだけ見て、目に焼き付けておきたい。

怖さより、好奇心しかなかった。なんだか、まだ観光気分が抜けないのだ。修学旅行か一人旅なふわふわした気分。現実味がまだない……と云うか、深く考えたくないと云うか。

「……で……？」

どうなんだ？　と面白そうに、フェリクス王が訊《き》いてきた。莉奈の言動が逐一面白いみたいだ。

「……フェリクス陛下達がいなければ、ゆっくり寛げそうです」

思わず、思った事を口にした。

ソファも座り心地はいいし、部屋の色合いもシックで落ち着いている。なら、邪魔……緊張する人がいなければ最高だ。

「……くっ」

再び笑いを漏らしたフェリクス王。

自分達がいなければ、そんな事をサラリと言う輩《やから》は、後にも先にも莉奈だけだろう。

「……私達が……いなければ……」

一瞬、目を見開き横を向いて、なんとも云えない表情なのがシュゼル皇子。

笑いを堪えているのか、肩が少し揺れている様にも見える。

「……まぁ……そりゃ……そうだろうな」

莉奈の言動に、呆気《あっけ》な顔をしたエギエディルス皇子。

たとえそんな事を思ったとしても、よく本人を目の前に言ったなと感心しなくもない。

「リナ……口を慎みなさい」

最後にイベールが感情のない声で叱責した。

当人、フェリクス王達が何も言わないとはいえ、立場もあり何も言わない訳にはいかなかった様だ。

だが、本気で怒ってはいないのか、呆れ果てているのか、諦《あきら》めているのか、イベールの口調は何一つ、感情を含んではいなかった。

「……はい、すみません……あっ、そうだ。イベールさんも、そこに座ってもらってもいいですか？」

莉奈は、一応形ばかりの謝罪をし、向かいのシュゼル皇子の隣の席に、イベールを勧めていいか、フェリクス王にお伺いをたててみる。

「……だとよ、イベール」

フェリクス王は、実に面白そうに言う。

莉奈が何をするのかが予測不可能で、面白くて仕方がないのかもしれない。

「……隣席を失礼致します、シュゼル殿下」

フェリクス王の許可が出た、と理解したイベールは、仕方がなさそうにシュゼル皇子の隣に座った。

まぁ、無表情だから、勝手にそうだろうと思っただけだけど。

「……で？」

フェリクス王が、さらに莉奈に深い笑みを向けた。

莉奈は、なんだか知らないけど、少しイラッとした。人のやる事なす事、面白そうにしているからだ。

「…………」

楽しそうですね？　と、思いを込めて見てみたけど……。

フェリクス王の、あまりの美形っぷりに、こっちが恥ずかしくなり目を逸《そ》らす羽目になった。

「…………はぁ」

恥ずかしさを誤魔化《ごまか》すために、莉奈は下を向いてため息を吐《つ》いた。そうでもしないと、顔が火照りそうだった。

「俺の顔を見て、ため息を吐《つ》く女は、お前くらいなものだぞ？」

フェリクス王は、莉奈が恥ずかしがっているのに気付いていないのか、呆れ笑いをした。自分の顔をガン見した後ため息を吐《つ》く人間は、身内くらいなものだからだ。

「吐きたくても、吐けないのでは……？」

魔王様に向かってなんて、怖くて吐けないだろうし。……まっ……私は、吐きましたけどね。

それに、イケメンの王の前だ。出たとしても、ピンク色の吐息だろう。

「…………くくっ……なるほど」

フェリクス王はさらにくつくつと笑う。不敬極まりない言動だとしても、裏表のない莉奈の返答は、王族として育ったフェリクス王にとって、心地よく実に愉快な事なのだろう。

「……リナ」

義務的に、再度イベールが注意した。

皆が皆、それでいい……と容認してはいけないという理屈は分かる。だが――。

……もぉ、ため息くらいいいじゃん。……ゲロ吐《は》いた訳じゃないんだから……。

莉奈は、ため息を吐《つ》くのさえ憚《はばか》られる、この空気に少し嫌気をさしていた。

「……何を、持って来てくれたのですか？」

莉奈が、魔法鞄《マジックバッグ》から小皿やらフォークやらを出し始めたので、シュゼル皇子がほのほのと訊いてきた。

「とりあえず、エドがリクエストした〝からあげ〟を御賞味して頂こうと……」

大皿にたっぷりのったからあげを、コトンコトンとテーブルに置いた。そう、コトンコトン……二種類作って来たのだ。

からあげを出した瞬間から、揚げ物特有の香ばしい匂《にお》いが部屋を包み込む。

「コッチのは、この間のと違うのですね？」

シュゼル皇子が、片方の皿にのったからあげがこの間とは違うのに気付き訊いた。衣に緑の葉が混ざっているのだ。

「緑色のは、衣に刻んだバジルの葉を混ぜてあります。お好みでレモンを搾ってかけて頂くと、サッパリと召し上がれると思います」

揚げてるから、バジルの香りはほのかにするくらい。

お酢があるからお酢でもよかったけど、爽《さわ》やかな香りのレモンもいいと思ったのだ。まぁ、柑橘《かんきつ》類《るい》なら大概は大丈夫。

本音をいえば、ニンニク醤油《しょうゆ》味が食べたい。ニンニクはあったが、醤油がない。世界中を探せばあるのかもしれないが、現時点でないのだから仕方がない。

「へぇ、レモンなんかかけるのかよ」

興味津々のエギエディルス皇子が、生唾《なまつば》を飲み込んだ。

からあげの匂いに対してなのか、レモンの酸っぱさを連想したのかは分からない。

「酸っぱいのが苦手だったら、無理してかけなくてもいいよ?」

「お酢は苦手だけど、レモンは興味があるから、かけてみる」

エギエディルス皇子は、新しい食べ方に挑戦してみるみたいだった。

「では、皆さん、いただきましょう」

シュゼル皇子が、ニッコリと微笑《ほほえ》んだ。

あのポーションドリンカーのシュゼル皇子が、食べ物を前に自らが進んで、〝いただきましょう〟

と言うなんて、ものスゴい進歩だ。もう、ポーションは必要なさそうである。

「いっただきま〜す」

当然の様に、莉奈もその輪に入る。

普通何でもない平民が王と食事なんて、絶対にあり得ない。ましてや、フェリクス王が一緒に食事をする事を、許可していない。

なのにしれっと入っているのだから、フェリクス王、宰相兄弟は顔を見合わせ笑っていた。もはや、家族の様なのだから。

イベールは莉奈と違いしっかりと、フェリクス王にお伺いを立てて食べ始めていた。いくら莉奈が良いと許可を出そうが、何も効力がないからだ。

「はふっ……ん〜カリカリが堪《たま》りませんね」

シュゼル皇子がさっそく、塩からあげを一口。まずは、この間食べた味から堪能しようと思ったみたいだ。

「…………」

フェリクス王はほぼ無言だが、箸《はし》ならぬフォークが止まらないのだから、気に入ってくれているのだろう。

「……………」

イベールに至っては、もはや無心。いつも通り無表情。

だが、遠慮しつつもフォークは次のからあげに伸びているのだから、好きな味なのだと思う。

……よしよし。からあげは鉄板だな。

「……うっま！　やっぱ、からあげ最高‼」

エギエディルス皇子は嬉《うれ》しそうに、塩からあげにカブリついていた。

「エドは、からあげ好きだね～」

莉奈も、当然の様に塩からあげにカブリつく。

だって、厨房《ちゆうぼう》や食堂では、精々2・3個しか口に出来ないし。

ここなら、フェリクス王達の〝分〟として多めに持って来られる。ついでに、一緒に食べてしまえば誰《だれ》にも分からない。

そうか。沢山食べたい時は、王族に紛れてしまえばいいのか……。

莉奈は、あり得ない事を真剣に考えていた。

「だって周りはカリカリして、中は肉汁溢《あふ》れて旨《うま》いんだもんよ」

「アハハ……なら、ハンバーグとか、トンカツとかも好きかもね～」

弟も好きだったし、何より子供には人気のあるメニューだ。チーズをのせて焼いたハンバーグなんてたまらない。ガッツリ系が好きな、フェリクス王も多分好きだろう。

「ハンバーグ？　トンカツって何だよ？　旨いのか⁉」

やっぱり、食い付いてきた。

「美味《おい》しいよ。エドが絶対好きな味」

「作ってくれ‼」

うん、言うと思った。

「材料があったら、そのうちね～」

乳牛しかいないみたいだし、豚も少ない。鶏肉《とりにく》のハンバーグなんて、サッパリ過ぎてもの足りない。ハンバーグは牛か豚でしょう？

あぁ、でも、チキンカツは出来るか……。

「あ……そっか材料か……」

エギエディルス皇子は、あからさまにガッカリしていた。莉奈の事だから、サクッと作ってくれると思っていたのだ。だが、材料がない以上作りようがない。

「何が必要なんですか？」

バジル入りのからあげに、レモンを搾りかけながらシュゼル皇子が訊いた。見たところ、もう3個目に突入している。

フェリクス王なんか、5個は食べているだろう。イベールも3個くらいか。自分は……まだ1個……だ。

…………みんな、速い～‼

気持ちのいいくらいの食べっぷりに、作り手としては満足なのだが、自分の分がなくなる危機感も同時に抱いた。男共の食べ方の速さを舐《な》めていたのだ。

……モグモグモグ。

莉奈は、食べる事に集中する事にした。

話をしていたら、あっという間になくなってしまうからだ。

「…………リナ？」

無視された形のシュゼル皇子は、なんとも云えない表情をしていた。まさか無視されるなんて思わなかったのだろう。フェリクス王達も、食べる手を止めて莉奈を見る。

……モグモグモグモグ。

莉奈は視線を感じ、返事の代わりにニッコリ微笑み、さらにもう1つからあげを口に運んだ。

……モグモグモグモグ。

「……お前……必死過ぎるだろう？」

兄を無視するどころか、さらに食べ続ける莉奈にエギエディルス皇子が呆《あき》れ笑いしていた。

「明日、死ぬとも知れぬ我が身……後悔はしたくないのです」

さらに莉奈は、からあげを口に運んだ。

「……ブッ……お前の身に、何が起きるんだよ⁉」

エギエディルス皇子は吹き出した。

マジメに言ってみせた莉奈の変な物言いにガマン出来なかったのだ。

「フェリクス陛下に、バッサリ斬られるやもしれません」

「……斬らねぇよ」

サラリとそんな、冗談か本気か分からない事を言った莉奈に、くつくつと、フェリクス王が笑いながらツッコミを入れた。

魔王と呼ばれる程の、冷淡さを持つフェリクス王だとしても、無闇に人をバッサリ斬ったりはしないらしい。

まぁ……魔王と勝手に呼んでるの私だけだけど……。

「……そもそも、斬られる様な言動を取らなければ宜しいのでは？」

イベールが、呆れたようにため息を吐《つ》いた。正論だ。

「無理です」

莉奈は断言した。何がフェリクス王の逆鱗《げきりん》に触れるかしらない。そして、もうこの口を黙らせる手段は自分にはない。

「アハハ…………無理か‼」

フェリクス王は怒るどころか大笑いだ。〝気を付けます〟ではなく断言したところが愉快らしい。

「…………お前」

「…………リナ」

エギエディルス皇子はさらに呆れ、シュゼル皇子は困った様な表情をしていた。無理ではいけない……だろう。

「……………」

イベールは、無言、無表情でただただ、莉奈を見ていた。

呆れているのか、怒っているのか、分からない。

……モグモグモグモグ。

莉奈は、皆のいろんな視線を感じつつ、強靭《きょうじん》なメンタルでさらにからあげを食べるのであった。

◇◇◇

「……はぁ～食った食った」

沢山食べられて大満足だったのか、エギエディルス皇子がお腹《なか》をさすりながら言った。

厨房にいると、色んな人の、色んな目線があるから、量はそんなに食べられない。

……というか、あそこで大量に食べていたら、そのうち睨《にら》み殺されてしまうだろう。

…………おもに、モニカにだが……。

「……美味しかったですね～。レモンをかけるとまた、サッパリいただけて」

至極ご満悦なシュゼル皇子は、イベールの淹れてくれた紅茶をのんびりと飲んでいた。

今までポーションばかり飲んでいた割には、結構からあげを食べていたと思う。少食……という訳ではなさそうだ。意外だった。

「からあげ、旨いよなぁ〜」

エギエディルス皇子も、沢山食べられてご満悦らしい。

「レモンは平気だった？」

「逆にサッパリして旨い。からあげがいっぱい食える」

嬉しそうに答えるものだから、莉奈の口はついつい綻《ほころ》びる。

「そっか、それは良かったね……あっ、食後のデザート食べる？」

可愛さマックスな幼い皇子には、ついつい甘くなる。

「食べる〜〜‼」

ほら、可愛《かわい》い。笑顔が弾けるって、こういう事だよね。

モニカも見習えばいいのに……美人が台無しだよあの人。

「……私にも、頂けますか？」

そのとき向かいの席にいるシュゼル皇子が、小首を傾《かし》げてニッコリと微笑《ほほえ》んだ。

…………おふっ。鼻血が出そう……って、こういう心理か‼

男が小首なんか傾げても、普通だったらイタイのに……。

シュゼル皇子は、イタイどころか眩《まぶ》し過ぎる。

モニカさん‼　これだよこれ‼　この美し過ぎる笑顔を向けられたら、皆モニカに食べ物譲ってくれ……。

……たりはしないか……。

皆、食べ物に対しての執着心、どうかしてるもん。

「焼きリンゴ、作って来ましたけど、食べ……お召し上がりになりますか？」

丸々1個ではなく、4分の1にカットしてある。好き嫌いもあるだろうし、それに1個じゃ多いしね。

「焼きリンゴ……ですか？」

小首を傾げて訊《き》いたシュゼル皇子。

初めての物はやっぱり、想像出来ないよね。簡単な説明がてら、出そうとしたら……隣から声が。

「違う……　〝焼きおリンゴ様〟だよ」

エギエディルス皇子が、いたずらっ子の様に、クスクスと笑いながら言った。

まだ、あの説明がツボにハマっているらしい。

「……え？　……焼き……おリンゴ……様？」

シュゼル皇子は、なんとも云えない表情をした。笑いを堪えている様な、苦笑いの様な……。

「…………大層なネーミングだな？」

フェリクス王は、くつくつと笑っていた。

「……エ～～ド」

少し睨みながら莉奈は、からかってくれた皇子の名前を呼んだ。

……フェリクス王達の前で、なんでそれを言うかな？

「アイスクリーム出してあげようと思ったけど、あげな〜い」

莉奈は、わざとらしく怒った様に言って魔法鞄《マジックバッグ》から手を離した。

「えぇ〜〜⁉」

せっかくアイスクリームをくれる予定だったのに、余計な一言でなくなり思わず声を上げた。そんな衝撃を受けた様子のエギエディルス皇子を無視して、莉奈はのんびり紅茶を飲む。

「ゴメンってば〜！」

エギエディルス皇子が慌てた様に謝ってきた。デザートが貰《もら》えないのは余程、イヤな様だ。

「……ふふっ」

スゴく可愛い。思わず笑いがもれた。

背伸びしないで、素で接する様になったエギエディルス皇子は、ものスゴく可愛い。

先にシュゼル皇子に焼きリンゴを出した後、莉奈は、アイスクリームを小さな皿によそった。

それを、エギエディルス皇子の前に置く。そして、別に用意した濃く煮だした紅茶を添えた。好みの量をかけられる様に、別の入れ物に入れてある。

紅茶版エスプレッソ、いわゆるアフォガード。コーヒーでやった時美味《おい》しかったから、紅茶でも……と作ってみた。

これをかければまた違った味わいになるハズ。紅茶のアイスクリームを作るより簡単だし、なにより苦味を調節出来るからいい。

子供には少し苦いかもしれないけど、普段から紅茶に親しんでいるし、調節も出来るし良いかな……と用意してみた。

「エド、この紅茶少しかけてみて。ミルクアイスとはまた違って美味しいよ？」

「……マジか‼」

新しい食べ方に、エギエディルス皇子の可愛い瞳《ひとみ》がキラキラした。ただでさえ甘くて冷たくて美味しいアイスクリームが、また違った味になるのが、嬉《うれ》しいのだろう。

「紅茶はちょっと苦いからね？　少しずつ調節してみなよ？」

一応食べ方を説明する。後は好みの問題だ。気に入ればかければいいし、苦くてダメならやめればいい。

「……うん！　わかった」

実に良い返事だ。頭なでなでしたいな〜と口が綻びる。

「……えっと……私に……アイスクリームは……？」

一部始終を見ていたシュゼル皇子が、首をコテンと傾けた。

「…………」

焼きリンゴあるから、いいかなぁ……と思っていたからビックリだ。まさか、アイスクリームまで御所望とは。

まぁ、焼きリンゴにアイスクリームのせても美味しいけど。たぶん、そういう事ではないのだろう。

「…………シュゼル」

フェリクス王が呆れていた。すでに一つデザートを出して貰っているのに、まだ欲しがっているからだ。もはや、末の弟と大差がない。

「えっ？　だって、アイスクリームですよ？」

きょとんと、シュゼル皇子はさも当然の様に言った。なにがアイスクリームですよ……なのか、わからない。

「「…………………」」

エギエディルス皇子も莉奈も唖然《あぜん》とした。甘味に目覚めた宰相様は、もう誰《だれ》にも止められないのかもしれない。

「……………はぁぁ」

フェリクス王は、それはそれは深いため息をついていた。

◇◇◇

「んん〜。この焼きリンゴも大変美味しいですが、紅茶をかけたアイスクリームは特に絶品ですねえ。紅茶の苦味がまた、アイスクリームの甘さを引き立てる」

シュゼル皇子は、アイスクリームをにこやかに堪能中。

結局、屈託のない笑顔……と云うか、無言の圧力に負けた莉奈は、アイスクリームも差し出した。

氷の執事長イベールにも、もちろん出しましたよ。アイスクリーム作りに関わってた訳だし、何より賄賂《わいろ》は多い方が今後のためだ。

甘いのがダメなフェリクス王には、出してないけどね。

「……シュゼ兄……よく食うな」

エギエディルス皇子が、若干引き気味に言った。

ポーション、ポーションで過ごしていた日々が、本当にウソの様だから、余計に思うのだろう。

「デザートは、別腹ですよ？」

それに答えるさわやかな笑顔。アイスクリームは特にお気に入りの様だ。

「…………………」

そんな事言うの……女子だけかと思ったよ。

まぁ、実際〝別腹〟ってのはあるらしい。お腹いっぱいでも、好きな食べ物を見ると、胃がちょっとだけスペースを作るらしいって子供の頃《ころ》、テレビでやってたし……。

人間って、不思議だよね。

「……リナ、お前は食わないのか？」

呆《あき》れてシュゼル皇子を見ていると、エギエディルス皇子が不思議そうに訊いてきた。莉奈も、食べると思っていたみたいだ。

でも個人的に……。

「あ～……脂っこい食べ物の後は、アイスクリームよりシャ……」

甘いアイスクリームより、サッパリ系のシャーベットだろうと言おうと思ったけど、口をつぐんだ。シュゼル皇子がチラリと見たからだ。

余計な事は言わないに限る。この国では特に鉄則の様な気がする。

「……アイスクリームより、〝シャ〟……なんですか？」

「……シャークリー男爵に会いたいな……と……ホホッ」

「「……あ？　誰だって⁉」」

シュゼル皇子の微笑《ほほえ》みに捕まり、適当な言葉で誤魔化《ごまか》してみたけど。エギエディルス皇子とフェリクス王が眉《まゆ》を寄せて間髪容れずにツッコんできた。

いや、言ってて自分でも誰だよって思ったけど……。

息のあったフェリクス、エギエディルス兄弟にツッコまれるとは。

「…………ぷっ」

まさかのツッコミに莉奈は、我慢ができず吹き出した。

何この絶妙なツッコミ‼　王族にしとくの勿体《もったい》ないんですけど。

「……アハハ……ッ」

莉奈は、面白過ぎてお腹《なか》を抱えていた。

「…………リナ」

王族をからかっている様な莉奈に、氷の執事長《イベール》の冷ややかな声が、突き刺さったのは言うまでもない。

第5章　シャーって言いながら

次の日、莉奈《りな》は、朝からゲッソリしていた。

あれから、自分より身分の高い人を、それも王族をからかうなどあり得ないと……イベールにガチで怒られたからだ。

フェリクス王は、莉奈が怒られてて面白いからと、ニヤニヤ見ているだけだったし。

シュゼル皇子は、紅茶を嗜《たしな》みつつほのほのしてるだけ。

エギエディルス皇子は、莉奈が怒られているのを、憐《あわ》れんでいただけだった。

誰も説教を止めてくれなかった。……当たり前だが。

しばらく、説教が続いたと思ったら、次はシャーベットの説明。そして……結局、パン酵母の説明まで、そのままする形になってしまった。1時間以上も……。……もう、ゲッソリだよ。


〈状態〉

……いたって健康。だが……まだ、ぽっちゃり。

……痩《や》せてはいなかった。

「……はぁ」

痩せた様な気分になっただけか……。

莉奈は、テーブルに突っ伏した。

「……お前……今日は普通に、部屋にいるのな」

テーブルに突っ伏していると、いつもの朝、いつもの様にエギエディルス皇子が部屋に来た。

莉奈は、なんかどっと疲れがでて、日課のジョギングをサボってしまっていたのだ。

「何もしたくない時もあるでしょう?」

「……アハハ……お前、昨日《きのう》コッテリしぼられてたもんな」

苦笑いしながら、莉奈の向かいのイスに座るエギエディルス皇子。

昨日の長時間の説教と説明を端から見ていたので、気持ちは良くわかる。他人事《ひとごと》ながらウンザリだった。イベール、シュゼル皇子のコンビは最悪だ。

「しぼられて……って、リナあなた一体何をしたのよ?」

怪訝《けげん》そうなラナ女官長がエギエディルス皇子に紅茶を淹れながら訊《き》いてきた。

話を聞いている限り、昨日フェリクス王達に呼ばれた時の話らしい事はわかった。なら、その中の誰かにしぼられた……ということ。

一体何をやらかしたのだと、いよいよ眉をひそめた。

「…………」

なんと言っていいのやら……。……と、いうか……言いたくない。

「エギエディルス殿下、リナは何を？」

ラナ女官長は莉奈が知らん顔をして黙っているので、事情を知っている皇子に訊く方向に変えた様だ。

「あぁ～～。なんていうか、いらん事を言った？」

面白いから良いのだけど、誤魔化す方向が違うし、イベールの前であれは……な、とエギエディルス皇子は苦笑い。

「…………リナ」

ラナの声がワントーン下がった。怒っているというより、呆れている……というのが正解かもだが。

「だって～……シャーベットの話なんかしたら、作れって言われるからさ～」

まぁ、その後の誤魔化し方と、爆笑に問題があった気もするが。あのツッコミには、笑わずにはいられなかった。

「『……シャーベットって？』」

ラナはもちろん、モニカも食い気味に訊いてくる。新しい食べ物には、もれなく皆が皆、食いついてくる。

……ね？　結局、誰《だれ》に言ってもこうなる訳なのよ。

「……シャーって言いながら、ベッドに入る事」

莉奈は、面倒くさいので適当に返した。

「「…………………は？」」

ラナ、モニカは目が点だ。何を言ってるのか、わからないのだろう。

言った莉奈とて、意味がわからないのだから仕方がない。

「……ぷっ……お前……マジ適当」

エギエディルス皇子は、その返しに吹き出していた。

「……さっ、ご飯ご飯！」

莉奈は、急《せ》かす様にテーブルを叩《たた》いて、朝食の準備を二人に促した。何もなかった事にしたのだ。

「……もう、リナったら」

仕方がないわね……と、ラナは呆れた様に小さく笑うと、朝食の準備をするのであった。

◇◇◇

朝食を食べ終えると、莉奈は渋々厨房《ちゅうぼう》に向かった。昨日は色々とあった訳だから……。朝から疲れてぐったり……今日は部屋でゴロゴロしていたかった。

だけど気づいたら、シュゼル皇子にシャーベットを作る約束までさせられてしまっていたのだ。作らない訳にはいかない。

あの微笑みはマジで、有無を言わせない魔力を感じる。


「……リナ、おは……なんかぐったりしてるね？」

挨拶《あいさつ》をしようとしていた料理長のリックが、莉奈の表情を見て言った。端から見ても、ぐったり具合がわかるらしい。

「昨日、イベールさんに……説教というスパイスを頂きました」

「「「あ〜〜〜」」」

その瞬間、皆が皆、憐れむ様な目を向けてきた。気持ちを察してくれた様だ。

だが同時に、莉奈は何をやらかしたのだろうと苦笑いもしていた。何もしていないのに、説教をされるハズもないのだし。

「…………」

お前、何をやらかしたんだよ？　という視線を全身で受けつつ、莉奈は食料庫に向かった。シャーベットにする果物を探しに。

「何をシャーベットにしようかな〜」

とりあえずレモンが目についたから、一つはレモンにする。だけど、レモン味だけではつまらないから、何かもう一種類……とキョロキョロ。

「あっ、そうだ。ククベリー」

ラナ達が採りつくしたであろうククベリーが、まだ何十キロとあるのを思い出した。肉に添えるソースに使うにしたって余るだろう。酸味のある果物の方がシャーベットには合う。

「なぁ、氷菓子なのはわかるけど、結局シャーベットってなんだ？」

一緒に食料庫に来ていた、エギエディルス皇子が訊いてきた。

莉奈がイベールに説教されているあたりからウンザリしていたのか、昨日した説明が全然耳に入っていなかった様だ。

「ん〜……果汁を凍らせた物？」

あれ……それもなんか違うか？　なんて説明すればいいのだろう？

莉奈は、首を捻《ひね》った。

「……ソルベみたいな物か？」

「何……ソルべって？」

〝ジェラート〟は知っているけど〝ソルベ〟は知らない。

「果物の果汁を水で薄めて、凍らせた物」

エギエディルス皇子は簡単に説明をした。どうやら氷の魔法で凍らせて砕いた氷菓子らしい。

「あ〜んじゃソレ？」

見た事がないから詳しくはわからないけど、説明を聞いた限りだと、たぶん謂《い》わんとしている事は同じだろう。

そして思うけど、エギエディルス皇子の説明って、いつもわかりやすい。賢い子供だよ本当。

ん？　でも、そもそもジェラートってなんだ？

ジェラートもシャーベットも、言い方が違うだけで〝氷菓子〟って意味だったよね……。

……んん？　え～～と、確か……細かくいうと……。

乳脂肪が多いと……アイスクリーム。

それより少ないとアイスミルク。

さらに少ないとラクトアイスだっけ？

だから、シャーベットはラクトアイスになるわけで。ジェラートはアイスミルク。

…………………。

……ムズカシイよ‼

なんで名称変わるんだよ‼　全部アイスでいいじゃん、もう‼

莉奈は、眉間《みけん》にシワを寄せた。

そんな事、細かく考えた事なんてないし‼　考えた所で正解にたどり着かないし‼

……あぁ～～ググりたい‼　誰か～～スマホプリーズ‼

この世界の人に訊いた所で、正解がわかるわけもなく……。莉奈は、なんだかモヤモヤした気持ちになるだけだった。

よし、どうせ何を言った所で、誰もわからないのだ。

牛乳をたっぷり入れて作った物を、アイスクリーム。

濃厚だけど、牛乳少なめな物をジェラート。

果汁だけで作ったさっぱりした物を、シャーベットと言っちゃおう。

だって、私以外知らないんだし、いいよね？　私が、法律だ‼　みたいな？

……いいよね～～⁉

心の中で叫んだものの、なんだかモヤモヤしたものが残るだけだった。

莉奈は作った後に【鑑定】すれば、詳しくわかるかも……という事を考えてはいなかった。

◇◇◇

「……ん？　そういえば、この扉なに？」

一人うんうん唸《うな》っていた莉奈の視界の隅に、食料庫の脇《わき》にあるもう一つの扉が映った。

あまり気にした事がなかったが、この扉の中にも食料が入っているのだろうか？

「そっちは、お酒よ」

ラナ女官長が教えてくれた。酒蔵ほどの量は入ってはおらず、料理に使ったり、一部の酒好きの人に開放したりしている冷蔵庫の様だ。

「ふ～ん」

酒を飲まない莉奈には、さほど興味はない。

だが、中がどうなっているのかは興味はある……ので、扉を開けて見た。

……ふむ。20畳程の広さの冷蔵庫。いわゆるワインセラーか酒倉といった所。

ひんやりした内部には、酒瓶が斜めにずらりと並んでいた。棚に立ててある物もあるけど、基本的にはキレイに並んでいる。

銘柄別なのか、産地別なのかはしらないけど、ざっと見た感じ高そうなお酒はない。

ワイン多め……お酒の種類は少ないかな。まぁ、ここにあるのが、少ないだけで、何処か別にも酒蔵とか、酒倉はあるのだろう。開放しているくらいだから……高いのは置かないか。

しかし、このざっくりした置き方、以前テレビに出てた人がいたら激怒しそうだ。

お酒の種類によっては温度管理が違うから、冷蔵庫に置くなとかあそこはダメだと言ってた人がいたのだ。

別にそれが悪いとは思わないけど、価値観なんて人それぞれだし、押し付けるのは……って思う。

……だって、そんなの個人の自由だし、徹底管理したければ勝手にすればいいし、ガッツリ冷やしたければ、冷やして飲んだっていい。

そもそも、お前の金で買った酒じゃないし、好きにさせろや！　って思った。

しかし……ワインが多いな。特産品なのかな？

「ワイン……か」

ワインをシャーベットにしてもいいだろう。

桃があれば、ワインシロップ漬けにした後にジェラートにすれば、甘くて美味《おい》しい。

う〜ん。だけど、フェリクス王好みの、甘くないお酒のシャーベットでも作ろうかな……。

「……酒なんかどうすんだ？」

エギエディルス皇子が、棚をクルリと見ながら言った。

彼もまたここを覗《のぞ》く機会はないのか、興味津々の様だ。ワインを手に取ったりして見ている。

「フェリクス陛下に、お酒のシャーベットでも作ろうかなって」

絶対、酒豪でしょ？　あの人。

いくら呑《の》んでも酔わないタイプに見える。むしろ、ベロベロに酔うイメージが湧かない。

……っていうか、そうであって欲しい。へベレケのフェリクス王なんか、見たくはない。

「……酒なんか、シャーベットになるのかよ？」

お酒を飲まないエギエディルス皇子には、想像もつかないのだろう。

「なるよ？」

だって、凍らせて細かく砕いた物なら、シャーベットみたいな物だし。夏みたいに暑い時には、お酒のシャーベットは最高だと思う。氷みたいに荒く砕いて入れれば、お酒が薄くならないし冷たいしいい。

「……なら、フェル兄の酒倉から、なんか掻《か》っ払《ぱら》って来ようか？」

「……エド、命知らずだね？」

王個人の酒倉があるのにもビックリだけど、そこから掻っ払って来ようとするエギエディルス皇子にも驚きだ。

……怒られないのかな？

「少しくらいなら……アレ？　ヤバイかな？」

と幼い皇子は首を傾《かし》げた。良く良く考えてみたら、怒られるかも……と思い直した様だ。

「〝あの〟執事長《イベール》が、管理してますし……」

ラナが苦笑いしつつ、口を濁した。王がどうこう言う前の、段階の話らしい。

「あ〜……んじゃ、面倒くさいから、ダメだな」

ただでさえイベールの管理している所から持ってくるのが大変なのに、未成年の自分が持ち出すなら、一から十まで説明をしなくてはならない。色々と面倒くさい。

「……アハハ……エドも大変だね」

皇子だからといって、好き放題出来る訳ではなさそうだ。

フェリクス王が治めている国だもんね。弟が可愛《かわい》いからって好き勝手させる訳はないか。

「あ……ジンがある」

莉奈が見てすぐ分かるお酒はワインくらいだ。

だって見慣れてるし、赤いし、すぐにわかった。

後は異世界のお酒だし、銘柄を見てすぐになんてわからない。なので【鑑定】をして見ていたら、

〝ジン〟というお酒が目についた。

ジンなら、一度父親のために、ジンライムシャーベットを作った事がある。


【ドライ・ジン】

　大麦、ライ麦、じゃがいもを原料とした蒸留酒。

　ジュニパーベリーの上に流す事によって、香り付けされてあるのが特徴。


………？　ジュニパーベリー？

思わず眉根《まゆね》が寄った。鑑定したものの、さらにわからない言葉が出た。

そう、こういう時こそ……そこに片方の目で二回パチパチ瞬きをして、さらに【検索】をかける。


【ジュニパーベリー】

　セイヨウネズという、低木の果実を乾燥させたスパイス。

　ヴァルタール皇国の南、ルビス地方に良く生えている木。


………あ～そう。

さらに、わからなくなったともいう。

セイヨウネズって、何だよ？

さすがに、キリがないから、これ以上は検索はしないけど。

要するに、スパイスで香り付けされた……という事かな。白ワインもスパイスで香り付けすれば
……確かベルモットとか言ったっけ？

検索はいいけど、一つわかると一つわからない事が増える。

キャパオーバーになるし、調べた所で役に立たない。頭が痛くなるだけだった。

スパイスで香り付けされた蒸留酒。そういう事。よし‼

◇◇◇

「さて、レモンシャーベットを作りますか」

一通りお酒を見終えた莉奈は、厨房《ちゅうぼう》に戻り気合いを入れた。約束したものは仕方がない。

ついでに、フェリクス王にも食べられるシャーベットを作って持って行こう。どういう反応をするか楽しみだ。

……喜んでくれるかな……？

……さて……と。

難しい事はないから、教えればたぶん、エギエディルス皇子にも出来る。

「エド。一緒に作ろっか？」

「え？」

「スゴく簡単だし。見てるより面白いよ？」

ビックリしたエギエディルス皇子の前に、もう一つ小鍋《なべ》を置いた。混ぜて凍らせるだけ、火の取り扱いさえ注意すれば、小さな子供でも出来る。

「……やる‼」

〝面白い〟に食いついたのか、エギエディルス皇子は袖《そで》を捲《まく》りやる気を見せた。

「んじゃ、後は……」

料理長のリック辺りにでも、と周りを見て莉奈は眉《まゆ》を寄せた。

さっきはグッタリしていて気が付かなかったが、なんだかいつもより、さらに人が多い気がするのだ。

「……なんか……さらに、人……増えたね？」

もう一度辺りを見回したら、見慣れない顔ぶれがいる。休暇中の人が出勤して来たのだろうか？

「リナの料理を学びに、王宮外の領地からも、序々に来る様になったからね」

と、リック料理長が説明をしてくれた。食事の改善のために、色々な領地から料理を学びに来るらしい。

……は？　序々に……？

……マ・ジ・か‼

……何人来るんだよ？　ゾッとするんだけど⁉

すると、新参者――と言っても、領地ではたぶんそれなりの地位の人たち――が前に出て、軽い自己紹介とお辞儀をしてきた。

「「「よろしくお願い致します」」」

「ええ？　よろしく……お願い……致します……？」

莉奈は、頭を下げつつ頬《ほお》がひきつりまくる。

お願いだから、私ゴトキに頭なんか下げないでくれませんかね？

……あ～もぉ、なんか、エライ事になってきたし。家庭料理の延長みたいな、料理しか教えられないのに、こんな偉い料理人達に教えていいのだろうか……？

しかも、真面目《まじめ》に料理を習った訳ではないから、適当だし。作り方も正統ではない。ズボラ料理と言ってもいい。なんだったら、間違った知識の方が多い。

……エド……。せめて【召喚】するなら、一般人じゃなくてプロにしなよ。

その道のプロ。

教えておいて今さらだけど、モヤモヤする。プロを呼んで教えてあげたい。

「……はぁ」

もう、仕方がないか。美味《おい》しければいいよね‼　私が法律だ‼　だよ。

違ったとしても、誰《だれ》も咎《とが》めないし、私が右と言えば右だ。

みんな、私に従うがいい…………アハハ。

…………莉奈は、考えるのをヤメた。

◇◇◇

「んじゃ、リックさんとマテウスさんも鍋用意して」

味見軍団のためにも、いつもより多めに作る事にする。

〝ソルベ〟に似ているからって、食べるに違いない。

「「……え」」

突然の参加に二人は驚いた。見ているだけで済むと思っていたのだろう。だが、そうはさせない。

いくら簡単だからって、見ているだけなんてありえない。

「食べるんでしょ？」

莉奈がニコリと微笑《ほほえ》み魔法の言葉を言えば、二人は苦笑いしながらも小鍋を用意した。

この言葉を言えば、ほぼ100%逆らえない。魔法の言葉だ。

莉奈は、皆の鍋に水を入れてもらい、火にかけた。沸騰し始めたらそこに、砂糖を入れて溶かす。

溶けたら火を止め牛乳を入れる……。

「……また……牛乳……」

牛乳を入れるのを見ていたモニカが、背後で呟《つぶや》いた。

出たよ、モニカ……。どうせ、出来れば……食べるくせに……。

絶対、牛乳寒天を作ったって、食べるでしょうよ！

もう、あんまりうるさいと、鼻から牛乳入れるよ？

「牛乳を入れたらどうするんだ？」

「え？　モニカの鼻に？」

「「「……は？」」」

「……え？」

……うわっ……。そんな事を考えていたら、思わず口にしてたよ。

「「「…………え……モニ……リナ？」」」

皆、目が点だよ。そりゃあ、ビックリするよね？

私もビックリだよ。モニカの鼻に入れてどうするんだって話だ。

「……えっと、レモン汁を入れて、擂《す》った皮を香り付けに少し入れて……」

皆が耳を疑ってくれたのをいい事に、なかった事にした。

アブナイ、アブナイ……モニカの鼻に入れたって、口から出るだけだよ。

「……了解。うん、作り方は、ソルベに似てるな」

「そうですね」

聞かなかった事にしてくれたのか、作り方を見てリックとマテウスが頷《うなず》く。

モニカがなんか訝《いぶか》しんでいる感じの目で見てるけど、無視だ無視。牛乳が出てくるたびに、何か言うキミが悪い。

やっぱりエギエディルス皇子が言った様に、ソルベなる物はシャーベットに似ているらしい。皆も、そんな話をしている。

「ミントは、好みが分かれるから、今日は入れないでおこうか」

チョコミントも好き嫌いが、ハッキリしているしね。

ちなみに、自分は苦手だ。歯みがき粉を食べているみたいなんだもん。弟は、逆に大好きだったけど……。

「さて、これを混ぜながら、凍らせれば出来上がりだけど……エド以外に〝氷の魔法〟使える人はいる？」

一気に凍らせて、フードプロセッサーで砕いた方が早いが……フードプロセッサーがない。かき氷機もない……だから、人力だよ。人力。

じ～ん～り～き。

「予想はしてたけど……また魔法かよ。お前、何度も言うけど、魔法の使い方間違ってるからな？」

エギエディルス皇子が呆《あき》れていた。

魔物退治とか、壁を造るとか、そういう実用的な使い方しかしないらしい。食べ物を作るのに使うなんて、ないそうだ。もったいない。

「いいじゃん！　早いし、ちょ～便利……誰が使える？」

莉奈が挙手を求めれば、もれなく数名の手が挙がった。

その中に、魔法省と軍部から来ている料理人の手があった。なら今後のためにも、この二人に手伝ってもらおう。

「じゃ、二人一組で。一人が氷の魔法でゆっくり固めて、一人がフォークで軽く撹拌《かくはん》させる。エドのは私が撹拌するからね」

リック料理長と魔法省の人。マテウス副料理長と軍部の人。莉奈とエギエディルス皇子の組み合わせだ。

「ゆっくりって、アイスクリーム作った時くらいか？」

エギエディルス皇子が、冷やす加減を訊《き》いてきた。

「ん～。それより速くでも平気。空気を入れながらじゃなくて、砕く感じだから」

なめらかにする必要はない。ジェラートなら、なめらかにした方がいいのかもだけど。

「わかった」

理解出来たのか、エギエディルス皇子は頷いた。

冷えた牛乳を入れたから、鍋も熱くはないし……。魔法をかけるのに、縁を手で触っても平気そうだ。

よし、冷やし固めよう。


「エド、本当に魔法使うの上手《うま》いよね」

レモンシャーベットの素を器用に冷やしていく、エギエディルス皇子に感心する。

自分も慣れないながらも魔法の練習をする様になったから良くわかる。こういう細かい使い方は難しいのだ。

しかも、氷の魔法。これには水と風の魔法を調節して使う。まだ全然使えないから、純粋にスゴいと思う。

「慣れじゃねぇか？　っていうか……〝紋章持ち〟がこのくらい、使いこなせないなんて、恥でしかないし……」

エギエディルス皇子は、魔法を使いながら答えた。

そう、話しながらも実は難しい。集中が途切れるからだ。

「……〝紋章持ち〟って……？」

紋章なんて初めて聞く。王族だから……って言われた方がまだわかる。何か特別なモノなのだろうか?

「あー……王家が継ぐ、特有の称号?」

説明が難しいのか、詳しく話せないのか、ざっくりと言った。

「ふ〜ん……血で継ぐ、みたいな感じ?」

だから詰め寄ってまでは訊かない。言いたくなければ別にそれでも構わない。知らなければ知らないでも、構わないからだ。

「……まっ、そんなとこ……お前には……そのうち、話してやるよ」

要は、ここでは話せない。そういう事なのか、簡単には説明が出来ない……といった所かな。

……にしても、話してくれるのか。いいのかな?

「あ、エド。このぐらいでいいよ」

フォークでザクザク混ぜれば、粗めのかき氷くらいになった。このくらいが、丁度いい。

「……魔法さえどうにかなれば、スゴく簡単に出来るな」

莉奈達の出来上がりを見ていたリック達が、自分達も同じ感じに出来上がったので手を止めていた。

作り方は簡単だ。アイスクリーム程の体力も消耗はしない。氷の魔法さえ使えれば、30分もかからない。まぁ、その〝氷魔法〟を使う事がそう簡単には出来ないのだけど……。

「リックさん達には、後はこのククベリーのジャムを使ってシャーベットを作って貰《もら》いたいんだけど……」

莉奈は、魔法鞄《マジックバッグ》から、この間作っておいたククベリーのジャムを取り出した。簡単に分量を教えて、同じ様に凍らせてもらう事にした。

レモンシャーベットで要領は得たのか、口頭の説明ですぐ理解したようだった。

本当にスゴい人達だ。一回見ただけ、教えただけでほとんどの物がすぐ作れる。

尊敬するよ本当。


「……さて……と。後は、陛下にジンのシャーベットを作りますか」

さらに気合いを入れた莉奈。

甘くはないけど、気に入ってくれるかは別だ。あの国王様に〝旨《うま》い〟と言わせたい。

「ジンって……あの〝お酒〟のジンか？」

副料理長のマテウスが、ビックリした様に訊いてきた。

そもそも、お酒をシャーベットに……なんて発想がないのかも。

「そうだよ？　ライムを入れた、ジンライムシャーベット」

莉奈は、魔法鞄《マジックバッグ》からお酒のジンと、柑橘《かんきつ》のライムを取り出した。さっき食料庫とかから持ってきた物だ。

「お酒のシャーベット……」

皆さらに興味津々なのか、酒呑《さけの》み組が気になるのか、熱気を背中に感じる。

「作り方は難しくないよ。ジンと水を好みの分量入れて、ライムの果汁を少し、後は香り付け程度に搾《す》った皮。んで、さっきみたいに混ぜて凍らせて出来上がり」

材料を混ぜていると、ほのかにお酒の香りと、ライムの爽《さわ》やかな香りが厨房《ちゅうぼう》に広がる。

お酒好きなお父さんに作ってあげたのだけど、結局お母さんが気に入って食べていたのを思い出す。

……なんか……懐かしいな……。

想い出に浸っていると、

「……確かに……簡単だな」

料理長のリックが前のめりになって見ていた。余程気になるらしい。

「お酒が弱い人は、ジンを少なめにして砂糖を入れて作れば、そんなに酔わないんじゃない？」

食べた事がないので、想像でしかないけど……。

「なら、私のは、お酒多めで……」

と背後から、もじもじとした聞き覚えのある声が……。

……モニカだ……。

「…………………」

莉奈は、目が自然と細くなっていた。

……なんで、お酒多めの話になるのかな……？　多めにしたら、ほぼ酒だろうよ！

大体、お酒、多めにし過ぎたら凍らないし……。

っていうか、甘い物もお酒もいける口かよ。

莉奈は、ツッコミどころ満載のモニカに脱力していた。


「……リックさん……これもシャーベットにしてもらっといていいかな？」

お酒多めのは作らないよ？　モニカが何やら期待している目をしていなくもないけど……。

莉奈は、リックにジンライムシャーベットの素を渡した。

「それは構わないけど……」

何をするのかい？　って表情のリック達。

それもそうだ。莉奈が、またさらに魔法鞄《マジックバッグ》から何かを取り出していたからだ。

「……気になっちゃう感じ？」

興味しかないリック達に、莉奈はクスリと笑った。

「そりゃあ、気になるだろ」

マテウスが笑った。次々と目新しい事をする莉奈を、気にしないでいられる訳がない。

莉奈は、いつもの通り注目を浴びながら、台の上にまた違うお酒を置いた。

そして、棚からワイングラス。大きめのグラス。マドラー。オリーブ。色々な物を出していた。

「……何……作るんだ？」

エギエディルス皇子が、不思議そうに見ていた。

お酒も飲まない彼には未知なる世界に違いない。

まぁ、私も飲みませんけど……。

「フェリクス陛下のためにある様な〝お酒〟。カクテルを作ります」

莉奈は、ニッコリと笑った。

そう……王様である〝あのお方〟のためにある様なカクテルだ。

さっき酒倉を見た時に、材料があったから、ピンときたんだよね。絶対に飲ませてみたいって。

「なんだよ、カクテルって」

お酒も飲まなければ、当然カクテルなんて知らないよね。

「ざっくり云うと、ミックスドリンク」

「「……ミックスドリンク……？」」

誰《だれ》とは云わず、皆が疑問の声を上げた。

「お酒とお酒、お酒と果汁を混ぜた物……それを〝カクテル〟って言うの」

カクテルは、ストレートで飲むお酒とは全く違い、色や香りを楽しむお酒。

その人好みに創作すれば、特別なお酒にもなる。

身近なカクテルといえば、ウイスキーをソーダ水、いわゆる炭酸水で割った〝ハイボール〟かな。あの〝ハイボール〟も奥が深くて、オリジナルな物だけで、数種類はあるらしい。レモンやライムを入れるのは、定番中の定番。コーラを入れれば、コークハイボール。ジンジャーエールを入れれば、ジンジャーハイボール。飲みやすくしたいのなら、オレンジジュースとか甘めのジュースを入れてもいい。

ざっとだけで、もうこんなに〝カクテル〟の種類がある。

お母さんとお父さんは、よく友達を呼んでは、オリジナルレシピを披露して楽しんでた。それを見ているのは、スゴく楽しかったな。

まっ、次の日には二人とも、二日酔《ふつかよ》いになってたけど……。

「「「へぇ～～～～っ」」」

酒呑み組が、さらに一歩前に歩み寄ってきた。

酒呑みは気になるよね？　そして、女子は見た目の華やかさにも、目を奪われるに違いない。

「ゴメン……やりにくいから……下がってもらっていいかな？」

かたまり過ぎだから‼

一歩どころか、どんどん詰め寄ってくる皆に呆《あき》れ笑いしか出ない。

んでもって、暑苦しいよ。

さらにいうなら、さっき作ったシャーベットを、冷凍庫に入れといて貰えますかね？　溶けちゃうよ。

なんだか、酒呑みの目が怖い……と莉奈は、思うのだった。


酒呑み達の熱い視線を感じながら、莉奈は、もくもくとカクテルを作っていた。

とはいえ、このカクテル。ものスゴく簡単なのだ。

材料は、さっきも使ったジン……ドライ・ジンといわれるお酒。

それと、ドライ・ベルモットというお酒。別名ノイリー酒。これは、ハーブとかを入れた白ワインで、フレーバーワインの一種。

……で、オリーブの実。

ね？　材料は少ないし簡単そうでしょ？

カクテルを作る、混ぜるのに使うシェーカーは勿論《もちろん》、ミキシンググラスもないので、大きいグラスで代用する事にした。

ミキシンググラスは、んー……ビーカーを想像してもらえば近いかも。

「エドくんや、このグラスに少し氷を貰えんかのぉ？」

莉奈は、混ぜる用とは違う、大きいグラスを両手で差し出した。

魔法で冷やしてもいいけど、魔法を使えない人のために極力魔法は使わない。氷はほら、王宮以外にもそのうち冷凍庫が出来るだろうし。時短って事で……。

「……ったく……俺は、氷売りじゃねぇんだけど?」

ブツブツ言いながらも、エギエディルス皇子はグラスに1㎝くらいの粗めの氷を、こんもりと入れてくれた。

優しい子だね。

「すまないねぇ。エスペラント皇子」

「……お前は、ダレなんだよ」

恭しく氷を受け取る莉奈に、エギエディルス皇子は笑っていた。

そして違う領地から来ている料理人達は、そんなやり取りをしている莉奈を見て、只者《ただもの》ではないとさらに誤認識していた。

氷を受け取った莉奈は、空の大きいグラスに氷を適量入れる。そして、ドライ・ジン、ドライ・ベルモットを、5対1の割合で入れマドラーで軽く混ぜた。

割合は、4対1でもいい。好みだから。

さて、ワイングラスにはオリーブを1個入れ、その上から混ぜたお酒を氷を入れない様に、気を付けて注ぐ。それで、出来上がりだ。

欲をいえば、カクテルグラスかシャンパングラスの方が、断然華やかだけど、今回は……ワイングラスでいいかな。

オリーブの実だって、本音を言えばカクテルピンに刺して入れたいとこだけど、深いワイングラスではどのみち沈むし。

〝莉奈オリジナルカクテル〟って事で……。

だって、カクテルなんて、レシピがあってもない様な物だしね。

……どういう事かというと、そのカクテルの基本レシピはあるけど、店やバーテンダーによっても分量や配合が違うんだそう。店やその人の、特色、オリジナリティがあるのだ。

だから、お父さんの好きなお店と、お母さんの好きなお店は違ったしね。

「……キレイだな……」

皆に見せる様に振り返ると、ほぅ……とマテウスが呟《つぶや》いた。

うっすらと黄色く色づいたお酒は、光を反射してキラキラと輝いている。下に沈んだオリーブの実が、妙に可愛《かわい》らしさを演出していた。

そう、カクテルは美しいのだ。色はキレイだし、飾り付けもすれば、華やかで気品さえある。だから、女性は好んで飲む。

だけど、華やかさに騙《だま》されると酔う。ジュースと割るからスゴく飲みやすいからだ。

で、ついつい飲み過ぎると、強いお酒も使ってるから、変な男と飲んだりすれば……身の危険が……ね？　一緒に飲む相手も注意しないとならない。

「これのどこが、フェル兄なんだ？」

フェリクス王のためにある〝お酒〟というより、このキレイな透明感はシュゼル皇子の様な気がするのだろう。

「これね〝マティーニ〟って名前のカクテルなんだけど」

「……ん？」

「別名、〝カクテルの王様〟っていうんだよ」

カクテルの中の最高傑作と称賛される、このマティーニ。

別名、カクテルの王様。

「「「……カクテルの……王様……」」」

マティーニを見ながら、皆が呟いた。


――ゴクリ。

生唾《なまつば》を飲み込む、飲んべえ達。新しいお酒は、興味を惹《ひ》いたようだ。

「……カクテルの王様か……お前……なんで、そんなに酒に詳しいんだよ？」

未成年者のくせに。という表情をエギエディルス皇子はしていた。飲まないはずなのに、何故《なぜ》そんなに詳しいのか気になるのだろう。

……普通はそう思うよね？

「お父さんと……お母さん……お酒が好きだったんだよ」

莉奈は、遠くはない昔を思い出しながら、微笑《ほほえ》んでいた。

誕生日には、毎年お父さんがお母さんをイメージして、オリジナルカクテルを作ってあげていた。

だから、カクテルの事は少し覚えてる。

これは、お母さんが父の日に、作ってあげていたお酒だ。

いつも……ありがとう……って、想《おも》いを込めて。

「……リナ……」

気付いたら、ラナ女官長の腕の中に引き込まれ包まれていた。

そう……優しく優しく包まれていたのだ。

泣きそうな表情《かお》を、していたからかもしれない。

「今の、あなたには……私達がいるから」

ラナはそう言って、優しく優しく頭を、背中を撫《な》でてくれていた。還《かえ》れない莉奈を思って、辛いことを包み込んでくれている様だった。

……温かい。……心が、温かい。

……ラナ……ありがとう。

◇◇◇

「さ〜てと、ラナお母さんから元気をもらった事だし、もう一つか二つカクテルを作りますか」

莉奈は、泣きそうになった心を奮い立たせた。

関係ない皆にまで、私の思いを引き摺《ず》って欲しくはない。楽しくがモットーだ。

「……もう一つ、二つって何を作るの？」

ラナは優しく莉奈の頭を撫でながら訊《き》いた。どさくさ紛れに〝お母さん〟と言った事は、怒らなかった。

……どこまでも優しい。

「分量を変えて、エクストラ・ドライ・マティーニ」

「……さ……さっきのと、何が違うんだ？」

生唾を飲み込みながら、副料理長マテウスが訊いてきた。

分量が違うと、どうなるのか……想像して生唾が出てくるみたいだ。

「辛口になる？」

確かそう父が言っていた。飲んだことはないから知らない。

父曰《いわ》く、辛口好みのお酒がコレ。ジンとベルモットの比率を10対1という、極限まで高めたカクテルが、このエクストラ・ドライ・マティーニ。

こっちの方が、フェリクス王好み……の様な気がする。

ちなみにマティーニのお酒の分量を変えて、オリーブの代わりにパールオニオンという梅干しくらいの大きさの小玉ネギを入れると〝ギブソン〟という名の、別のカクテルになる。

お酒の分量とか少し変わっただけで、名称が変わるのもカクテルの良さでもあり、ややこしいとこだ。

だから、何百と種類があるし……まだまだ増えているのだろう。

だって、恋人をお洒落《しゃれ》なバーに連れて行って、彼女好みに作ってくれ……ってバーテンダーに言えば、また新種が出来たりする訳でしょ？

知らないのも、いっぱいあるんじゃないかな？

莉奈は、とりあえず、簡単なエクストラ・ドライ・マティーニをちゃちゃっと作り、ワイングラスに注いだ。


——ゴクリ。

熱気とお酒の匂《にお》いに、酒呑《さけの》みがさらに生唾を飲んでいた。お酒の味を想像しているのかもしれない。

普段なら、質問が飛んでもおかしくないのに、ほぼ無言で見ていた……いや、ガン見ってヤツだ。

どうでもいいけど、耳元らへんで生唾ゴクンはやめて貰《もら》っていいかな？

「……えーっと」

注目浴びすぎて、レシピが頭から飛びそうだよ。

次に莉奈は、空になったさっきの大きめのグラスに、ライムを搾り始めた。香り付けではないので、今回はたっぷりめ。

そこに、また氷を入れる。

「……ライム……なんて……入れるのか」

誰《だれ》とは云わないが、ボソボソとした会話が聞こえた。

その通りだ。搾ったライムの果汁とドライ・ジンを、1対3で混ぜれば出来上がり。さっきより簡単なカクテル。

「……よし、これで出来上がり」

これは、形の違うワイングラスに注いだ。

不純物を入らないようにするストレーナーもなかったから、小さい種が少し入ったけど……まぁ、ご愛嬌《あいきょう》でしょ。今度作る時は、茶漉《こ》しかなんかで代用すればいいかな。

見た目は透明なライム色。ライムの果実を輪切りに切ってグラスの縁に飾ると、さらにお洒落かもしれない。よし、ちょっと縁に飾っておくか……。

これも、そんなには甘くないから、フェリクス王にもいいだろう。

「……これも……スゴくキレイだね？」

リックがなんだか酔ったみたいにうっとりしている。

「……お洒落で……カワイイ」

モニカはランランとしている……。

「これの名前は？」

ラナは、莉奈を優しい眼差《まなざ》しで見ていた。

「〝ギムレット〟」

今回はライムの果汁を入れたけど。果汁の代わりにライムのジュースを入れてもいいのだ。甘い方が好みなら、ライムのジュースに変えればいい。

お母さんは、ライムの果汁ではなくて、ライムジュースを入れるのが好きだった。そのせいで……。邪道だ‼　って言ったお父さんと、果汁かジュースかでケンカしていたのを見た事がある。

それだけ、意見が分かれるカクテルなんだそうだ。

「……お酒も……色々なレシピがあるんだな」

莉奈の豊富な知識に、みんな感心を通り越して感服している様だった。

料理だけでもすでに〝師匠〟的な存在なのに、お酒のレシピまで持っているとは、もうなんだか崇《あが》めたくなっていた。

違う領地から来ていた料理人達は、初め莉奈を見た時……こんな子供が？　なんて思っていたが、もはやバカにしていた自分を恥じるばかりだった。

「ちなみにだけど、カクテルだけで何百種類とあるよ？」

「「「はぁぁぁ〜〜〜っ⁉」」」

あまりの種類の多さに皆は目も口もあんぐり開けて、驚き過ぎて叫び声に近い声を出していた。

◇◇◇

「んじゃ、私は出来た物を届けに行ってくるから」

シャーベットを三種類。カクテルも三種類。

それを魔法鞄《マジックバッグ》に入れた莉奈は出入り口に向かった。そういえば、ツマミがないけど、まっいっか。

「お……俺達の分の、カクテルは……？」

莉奈が、扉に向かっていると、背中にそんな声が聞こえた。

いつもなら大概何人分かは用意しているのに、それがないからだろう。

「……はい？　勤務中でしょ？」

ジンライムのシャーベットは……少量だから、大目にみるけど。勤務中に、お酒は不味《まず》いでしょう？

「「「…………………………」」」

正論を言われた酒呑み達の、無言で悲しそうな目が莉奈に集まった。なんだか、捨てられた仔犬みたいだった。

「…………はぁぁぁ〜〜っ」

莉奈は深くて長いため息を吐《つ》いた。可愛《かわい》くはないが、しゅんとしていて、耳が垂れて見えたのだ。

「……国王様に献上してから……戻って、なんか作ってあげるよ」

今、作る訳にはいかない。あれば飲みたくなるだろうから。

「「「やった〜〜〜っ!!!」」」

酒呑み組が、元気よくハイタッチをしていた。

現金な人達だな……と、莉奈は笑った。

……簡単なんだから、勝手に作ればいいのに……。

ご丁寧に、自分に作ってもらおうとする、皆に呆《あき》れていた。

あっ……でも、分量教えてないや。

だが……莉奈は、気付いていない。

莉奈の作る、食べ物、飲み物はすべて〝技量《スキル》〟のおかげで、黄金比になっている事に……。プリンもそのおかげで量らずに出来たのである。


「……じゃ……あとでね」

どっと疲れた莉奈は、今度こそ厨房《ちゆうぼう》から出ようとした……が。

「……えっと……残りは……食べていいのかな……?」

誰とは言わないが、背後からそんな声が聞こえた。シャーベットの事だろう。

フェリクス王、シュゼル皇子、エギエディルス皇子、莉奈の四人分を取っても、まだ余っている。お酒のシャーベットは、初めからそんなに分量はない。レモンシャーベットは多めには作ってあるけど……食堂にも人がいたから……どうなるのかは知らない。

ククベリーのシャーベットはあっても、五人分？

まっ、なんとかなる……様な、ならない様な……。

「………ケンカしない様に、分けなよ？」

イイ大人に言うのも変だけど、一応は言っておく。

譲り合いの精神があれば……まぁ平気な訳だけど。たぶん、そんな精神は弾け飛ぶに違いない。

「「「わかった‼」」」

とあてにはならない返事を聞きながら、莉奈は厨房を後にした。

「俺、ジンのシャーベットが食いたい‼」

「私は、ククベリーのシャーベットがいい‼」

「お前らは、いつも良いもの食ってんだから、たまにはこっちに回せ‼」

「「「食ってねぇよ‼」」」

「嘘《うそ》つけよ！　リナちゃんから、多めにもらって食ってんだろ⁉」

「「「そんなの言いがかりだし‼」」」

莉奈がいなくなった途端に、騒ぎ始めた声がした。

料理人VS衛兵（警備、警護兵）な感じかな……？　結局、譲り合わないいんだよね〜。

莉奈は、笑うしかなかった。

◇◇◇

「……エド。なんだか、元気ないね？」

フェリクス王のいる執務室へと向かう道中、さっきから少し元気のないエギエディルス皇子に、莉奈は優しく話しかけた。

カクテルなんか作っていたから、お酒の匂《にお》いに酔ってしまったのだろうか？

「………………」

声をかけても、なんだか俯《うつむ》いたままだ。

「……エド？」

「……ん……な」

「……え？」

「ごめんな」

か細い声で、エギエディルス皇子は急に謝ってきた。

「……どうしたの？　エド？」

謝られる様な事を、された覚えはない。莉奈は、エギエディルス皇子の顔を覗《のぞ》き込んだ。

「お前から……家族……奪って……ごめん」

エギエディルス皇子は、泣きそうな顔をしていた。

「…………エド……」

先程、家族の話をしてしまった事で、ずっと胸に押し込めていた思いを、さらに強く胸に抱いた様だった。

莉奈を【召喚】してしまった罪悪感……を。

「もう、謝る必要はないよ？」

莉奈はエギエディルス皇子の頭を、優しく優しく撫《な》でた。

召喚した事はもう、終わった事だ。これ以上謝ってもらう必要はない。彼も十分過ぎる程、反省しているのだから……。

「……だけど‼」

「エ〜〜ド。大丈夫。私は、エドを恨んでないから」

莉奈は、笑ってみせる。

これは、本心だ。エドが、家族を奪った訳じゃない。

むしろ、死のうとしていた〝命〟を、救ってもらったのだ。

……エドに逢《あ》えて良かったと、今は思っている。

「……でも……」

「……エド……戻っ…………」

戻っても……家族……いないから……。

……と、口には出来なかった。

まだ、頭の中ではわかっていても、心がそれを否定する。

口にした瞬間……いなくなった事を認める様で……言えなかったのだ。

「…………リナ？」

それがエギエディルス皇子にさらに辛い思いをさせていたとしても、まだ口にはしたくなかった。

「……戻れなくても、エドがいるなら大丈夫」

と莉奈は、泣いている様なエギエディルス皇子の頬《ほお》を、優しく撫でた。

「俺は……ずっと側にいる」

その手を外し、莉奈の手をギュッと握り締めると……目を真《ま》っ直《す》ぐ見た。

決意を秘めた、エギエディルス皇子の瞳《ひとみ》は、立派な男の人の様だった。

「うん……側にいて」

そう言うと、さらに、力強く莉奈の手を握り締めてきた。

そして……莉奈の瞳を離さず見つめると……こう言った。

「…………して……やるから」

「…………え？」

「俺が、お前を……必ず〝幸せ〟にしてやるから」


…………え……？

…………………ええ？

…………ええ〜〜〜⁉

……プロポーズきたーーー‼

エギエディルス皇子が、そんなつもりで言った訳ではないのは、百も承知だが、莉奈にはプロポーズに聞こえた。

だって、プロポーズでしょ、コレ‼

……ダメ……。…………キュン死、しそう……。

莉奈は、顔が紅《あか》くなるのを抑えられなかった。

萌《も》え死にするよ……エド。


「…………おい……？」

莉奈が、顔を赤らめているのを不審に思ったらしい。自分が真剣に言ったのに、ナゼ顔を紅くするのだと……。

「エド……それ……ちょっと……プロポーズみたいだから……」

萌えに堪えながら、フニャリと笑った。

ものスゴく、ものスゴ～～く、テレるんですけど……。

「………………は？」

エギエディルス皇子は、目を見開いたまま一瞬時を止めた。

莉奈がナゼ、そんなバカな事を言っているのか、わからないのだ。

だが徐々に、頭が冷静になり……自分がさっき言ったセリフを、思い出して反芻《はんすう》してみる。


〝お前を……必ず、幸せにしてやるから〟


「……プ……プロポーズじゃねぇし‼」

やっとわかったのか、今度は顔を真っ赤《まか》にして大否定した。

そんなつもりがなかったのだが、よくよく考えてみたら、プロポーズみたいだと、わかったのだ。

なんで、そんなセリフを言ったのか？　……自分でも恥ずかしくなってきた。

もっと他のセリフもあったハズなのに、なぜそれを選んだのだと、考えれば考える程、顔が火照ってくる。

「……プロポーズ、ありがとう」

悪いお姉さんは、からかってあげる。プロポーズじゃなくても、嬉《うれ》しかったしね。

「違う‼　お前なんか……お前なんか、嫁に貰《もら》うかーー‼」

幼い皇子は少し離れて、莉奈を指差し叫んでいた。顔は紅いが、全力否定の姿勢だ。

……うん？　……エドくんや？

……そこまでの否定は、失礼だぞ？

第6章 【門の紋章】

フェリクス王の執務室……これで二回目になる訳だけど……。なんだろ、やっぱり近付くにつれて、妙な緊張感が走る。この、独特のヒヤリとした空気が、そうさせるのだろうか。

「あ～……しんどい……地味に、階段が足腰にくる」

莉奈《りな》は、執務室に向かう階段を上りつつ、ボヤいた。

そう、フェリクス王の執務室は五階建ての【銀海宮《ぎんかいきゅう》】と呼ばれる本宮の天辺《てっぺん》、いわゆる最上階にあるのだ。

エレベーターは勿論《もちろん》ないし、エスカレーターもある訳がない。だから、自らの足で上るしかない。

……魔法でどうにかしろよ。瞬間移動《テレポート》させろ～～!!

「……ババァかよ」

一緒に上るエギエディルス皇子が、笑っていた。足腰にくる、なんて言いながら階段を上る人を、初めて見たのだ。しかも、老人ならいざ知らず、まだ全然若いハズなのに。

「魔法で、パパッとならないの？」

こういう時こそ、魔法の出番でしょうよ。

「ならない事もねぇけど……」

「……ないけど……？」

「セキュリティ上、一部の人間しか許可が下りてない」

「あ～～、そういう感じ」

確かに、誰彼構わずホイホイ瞬間移動《テレポート》して来られたら、警護、警備が大変だよね。衛兵の意味がなくなるって云うか。

残念だけど、仕方がない。王宮には護《まも》らなければいけない人や、物が沢山あるのだ。

「一応教えとくけど……許可が下りたからってそんな簡単に、瞬間移動できねぇからな？」

「魔力的な関係？」

それとも、なんか修得しなければいけない、魔法があるのか。

「【門の紋章】」

「……え？」

「さっき話した……俺達の持つ【門の紋章】の力が関係してる」

エギエディルス皇子は、辺りをチラリと見渡すと、足を止めた。

あまり、知られたくない話なのかもしれない。

「〝門〟と云う名が付いてる通り、ゲートを創れるのが……この【門の紋章】なんだよ」

そういうと、エギエディルス皇子は、両手を開いて見せてくれた。

両手に魔力を込めたのか、何もなかった掌《てのひら》には、うっすらと紋章が光って映った。

見たことのない形の紋章は、絵とも文字とも違う。何か不思議な模様だった。それは、とても神々しく光り、タトゥーの様に見えた。

掌の魔力を弱めたのか、しばらくして〝それ〟は消えたが、掌に映る【門の紋章】は、右の掌と左の掌では、微妙に違っていた様な気がした。

「この【紋章】の力がなければ、ゲートは開けられない」

「…………」

ゲート……門……だから、私を【召喚】出来たのか。

莉奈は、やっと何か腑《ふ》に落ちた。

「……リナ……お前を喚《よ》ぶのは……【門の紋章】を持つ俺達だけが……出来るんだ」

「…………」

莉奈は、押し黙った。

〝俺達だけ〟が出来るとは言ったが、戻す事は出来ないのかもしれない。

随一の賢者、シュゼル皇子が戻せないのだから…………実際、無理なのだろう。

「……リナ……お前は必ず……幸せにするから」

もう一度、言ってくれた。でも……やっぱり……戻すとは……言わなかった。

それがエギエディルス皇子の誠実さであり、優しさなのだろう。嘘《うそ》をつかれるより、断然良かっ

た。

「……うん、一緒に幸せになろうね」

莉奈は、優しく微笑《ほほえ》んだ。

戻れなくても……泣き喚《わめ》いたりしない。彼の言葉を信じてるから。

戻れなくてもいい……エドがいてくれれば……。

「……一緒……に？」

「……うん、一緒に」

一人で幸せになっても仕方がない。エギエディルス皇子と、皆と、一緒に幸せになってこそ、意味がある。

「……一緒に、幸せになろうね……エド」

莉奈は、まだ幼さが残るエギエディルス皇子の手を握った。

「……あぁ……一緒に……幸せになろうな……リナ」

エギエディルズ皇子は、強く握り返すと、泣き笑いの様な笑顔を見せた。

「……うん‼」

喚んでくれて……ありがとう。

私の心《いのち》を救ってくれてありがとう。

「……だから……」

「……だから……？」

「……背中押して～～‼」

莉奈は、階段を上るのに疲れたので、叫んだ。

今はそんな事より、このツライ現実をどうにかしてほしい。

一部屋の天井が高いせいか、いちいち階段の段数が半端ないのだ。

家の階段とは全然違う。マジでキツイ。

「……お前……なぁ……」

エギエディルス皇子は呆《あき》れつつも、目元をゴシゴシ擦り、莉奈の背中を押してやる。

……ありがとう……リナ。

その背中に、エギエディルス皇子は、小さく小さく呟《つぶや》いた。

元の世界に戻せない……と、言ったにも近い自分の言葉に、何一つ恨み言を返さず、責める事もない。そんな莉奈の優しさに、エギエディルス皇子は……。

〝必ず幸せに、してやるからな〟……と今一度、一人心に強く誓ったのだった。

◇◇◇

「お待ちしておりましたよ……リナ」

フェリクス王の執務室に入ると、満面の笑みのシュゼル皇子が、待ち構えていた。

「……お待ち……して……おりましたか」

莉奈は、アハハと空笑いしていた。

明日とは言った……様な気はしていたが、時間指定はしていない。

なんだったら、まだ呼ばれてもいない。

なんでいるのかな？

「ささっ、イベール、リナにお茶を……」

上機嫌のシュゼル皇子は、莉奈にソファーを勧めつつ自分も向かいの席に着く。

「…………」

いや、別にお茶は要りませんけど？　とは言えない雰囲気だ。

イベールが無言で紅茶を淹れ始めたし。

そういえば……ソファーに座ろうとした時、目の端にチラリと見えたけど……王様の机の隣に、
なんだか見慣れない机がもう一つ並ぶ様にあるんですけど……ありましたっけ？

イベールのは、別にあるのは確認したし……。

……ん？　あれは……ダレの？

「エド……あの机……」

コソコソっとエギエディルス皇子に訊《き》いてみた。

この間は初めて王の執務室に来たから、舞い上がっていて見落としていた可能性もある。エギエディルス皇子なら、わかるかも……と。

「……た……ぶん……シュゼ兄の」

ものスゴく、呆れている表情《かお》をしている。


………は？………マジで？　……いやいやいや。この間なかったよね？

しかも、エドが呆れてるって事は普段はないって事？

まさかとは思うし、考えたくもないけど、ここに私が来る事を想定して……仕事をしながら待っていた感じですか？　自分の執務用の机を持参して、そこで……。

……あ～り～え～な～い。

フェリクス王も良く見れば、なんだかお疲れの様だ。

そりゃあ、フェリクス王も疲れるよね？

100歩譲って、エギエディルス皇子ならありかもだけど……。まったく幼くもない弟が、自分の執務用の机を持参して来て……ナゼか隣で仕事をしているって……。

……ご愁傷さまでした。

莉奈は、フェリクス王にそんな言葉を投げ掛けつつ……。

「……では、失礼致します。……よっこいしょ」

勧められたソファーに座った。

あぁ、座り心地がいい事で……。

「「……ババァ」」

フェリクス、エギエディルス兄弟にツッコまれた。

「………………」

この、クソ兄弟が‼　と睨《にら》んでおく。

だが、二人は同じ様にニヤニヤ返してくるだけだった。

……あ～～。……可愛《かわい》いエドまで……フェリクス王に見えてくる……。


……ニコニコニコ。

まだ、シャーベットを出してもいないのに……そんな二人をよそにシュゼル皇子は満面の笑みである。

持って来てはいるけど、万が一出来ていなかったり、違う用事で来ていただけだったら……どうなっているんだろう。考えたくもない……な。

「……あの、フェリクス陛下も、こちらにどうぞ？」

莉奈は、執務机から一向に動かないフェリクス王に声を掛けた。フェリクス王のための氷菓子も作って来たからね。

しかし当の本人は……氷菓子に全く興味がないので無関心。

チラリと一瞥《いちべつ》した後に、再び書類に目を通し始めた。

……まさかの無視‼

「「…………」」

エギエディルス皇子と莉奈は、顔を見合わせ小さく笑った。

自分は食べない甘味だから、どうでもいいのだろう。

だがお酒のシャーベットを前にしても、同じ態度でいられるのかな。

「……フェル兄、絶対興味出るから来てみなよ」

全く腰を上げない兄王に、エギエディルス皇子は笑う。同じ兄でも、こうも違う態度に笑うしかなかった。

「……チッ……」

ものスゴく不満げに舌打ちをした。

末の弟に言われてやっと、仕方なさげにその重い腰を上げたのだ。

……こっわ……マジで不機嫌だよ。原因というか元凶らしきお人は、ほのほのしてますけど……。

「早くこいつの口に、氷菓子を突っ込んで追い出せ」

やっぱり……シュゼル皇子が元凶らしい。

いつから一緒にいたのかは知らないけど、理由がくだらな過ぎて失笑もでない。

ドカリと上座に座ったフェリクス王は、ほのほのと微笑《ほほえ》むシュゼル皇子をひと睨み。

「ふふっ……シャーベットですよ？」

「…………黙れ」

思いっきり渋面顔になると、吐き捨てる様に言った。心底出ていけ……と思っているに違いない。

莉奈は、魔法鞄《マジックバッグ》からジンライムのシャーベットを取り出すと……。

「……心中……お察し致します」

……言わなくてもいい一言を添えて……コトリと、ジンライムのシャーベットをフェリクス王の前に置いた。

透明なガラスの小さな器に入った、薄黄緑色のジンライムのシャーベットは、光にあたって宝石の様にキラキラして見える。

「…………くっ……察するの……かよ……」

フェリクス王は、莉奈のその物言いに小さく笑った。

まさかそんな返しが莉奈から、返ってくるとは思わなかった様だ。

「………リナ」

シュゼル皇子は、優しく優しく微笑むと名を呼んだ。どういう意味ですか……と顔で訴えている。

「はい、なんでしょう。この国随一の賢者であり、王の右腕、シュゼル宰相様」

だから、ニコリと優しく微笑み返しをしてみた。

宰相様が、陛下の邪魔をしてはいけないだろう……と。

「…………………」

シュゼル皇子は、微笑みながら、時が一瞬止まっていた。

彼も莉奈が自分に対してそう応《こた》えるとは、思わなかった様である。

……くくっ……。

至極満足そうな、笑いが一つ。

「………兄上」

その笑い声の主をあくまでも優しく睨むシュゼル皇子。迫力は微塵《みじん》もない。逆に、色気さえ感じるから不思議だ。

「お前に、そんな返しが出来る女がいたとはな」

睨まれた本人はさらに笑った。不敬過ぎる莉奈の言動は、兄フェリクス王には心地《ここち》いいらしい。

裏がある態度にも、おべっかばかり使うヤツ等にも、辟易《へきえき》しているからだろう。

「…………」

それにはシュゼル皇子も、ただ困った様に笑う事しか出来なかった。

「……溶ける前に、御賞味下さいませ」

莉奈はフェリクス王に改めて勧めた。

せっかくのシャーベットが溶けてしまっては、なんの意味もない。早く食べて欲しかった。

「……あの……私には？」

フェリクス王の前にしか出してないので、当然シュゼル皇子から声が掛かった。

「まずは……フェリクス陛下に……ね？」

一緒に出してもいいけど、しっかり反応を見たいんだもん。

「……………はい」

仔犬みたいにシュンとして、素直に返事をした。

そう言われてしまえば、さすがに反論が出来ないらしい。

フェリクス王、エギエディルス皇子は、チラリと顔を見合わせると、苦笑いしていた。

他人にこんな素直な反応を見せる兄弟に驚きもあるが。ここは、呆れるべきなのか……怒るべきなのか……はたまた嘆くべきなのか複雑である。

フェリクス王は、弟達の様々な視線を受けながら、ガラスの器を手に取ると、スプーンでジンライムのシャーベットを掬《すく》った。

「………っ！」

半ばイヤイヤの様なフェリクス王は、一口口に含むと目を見張った。

まずは口に入れた瞬間、ライムの爽《さわ》やかな香りと酸味が……。

そして……次に良く知る、お酒の香りと味が、口いっぱいに広がったのだから。

「………これ……は……」

とフェリクス王の口端が自然と緩んだ。どうせ甘さを控えた程度の、氷菓子だと思っていたのに、イイ意味で期待を裏切ってくれたからだ。

……よっしゃっ‼

莉奈は、心の中でガッツポーズを出した。

やっぱり作って来て正解だ。フェリクス王好みのシャーベットの様だ。

「……どうなのですか……？　ソルベとは違いますか？」

シュゼル皇子は期待を込め、せかす様に訊いた。

早く感想を聞いて、自分も食べたい……と。

「…………」

フェリクス王は不敵に笑うと、もう一口掬った。煽《あお》っているかの様だ。

「…………兄上」

これ見よがしに食べて見せる兄王に、不機嫌そうにこの国随一の賢者はその眉《まゆ》を寄せた。

「なぁ、なぁ、なんのシャーベットだと思う？」

エギエディルス皇子が、ワクワクして訊いた。二口目を口に入れた……ということは、嫌いではない。気に入ったかまではわからないが、興味は持ったという事。

「……俺への挑戦か？」

さらに、不敵な笑みが深まる。その言葉を、味が何か当てろ……という、挑戦ととった様だ。

「……まずは、ライム」

もう一口スプーンで掬い、今度は口の中で、ワインの様にテイスティングするフェリクス王。

なんだか、楽しそうに見える。

「……で？」

「急《せ》かすなよ」

早く答えてと言ってる様子の末の弟に笑う。

困った様な小さな微笑《ほほえ》みに、莉奈は、人知れず口を押さえた。

……なに、その顔。……ドキドキするんですけど……‼

いくら、超がつく程の美貌《びぼう》でも、怖顔のフェリクス王。

そのフェリクス王が、末の弟にふいに見せる優しい微笑みは、莉奈の胸を跳ね上がらせていた。

「……酒……ジン……ドライ・ジンか」

莉奈が、クラクラと萌《も》えていると……フェリクス王は三口目で答えに、行き届いたらしかった。

「正解‼　さすがフェル兄」

エギエディルス皇子は、すぐに当てた兄に満足気。誇らしげだった。

「……旨《うま》い？」

「………旨い」

旨い……と言え。そんな表情《かお》をして訊《き》く弟に苦笑いする。

だが、確かに旨かった。どうせ、甘いだろうと、高を括《くく》っていただけに、驚きが大きい。

「リナ‼　旨いってよ‼」

自分の事の様に喜んでいる、エギエディルス皇子に、莉奈は自然と目尻《めじり》が下がった。

可愛《かわい》い子だよ。

「聞いてたよ……陛下のお口に合い幸いです」

ニコリと笑った。

内心ドキドキものだった。お酒が好きだからって、このシャーベットが口に合うかは別だしね？

「……では‼」

私にも……とシュゼル皇子は、きれいな蒼《あお》い瞳《ひとみ》に期待を込めて言った。次は、私の食べる番だ……と。

「……帰ろっか、エド」

莉奈は、それを無視して立ち上がる。

フェリクス王には気に入ってもらったし。満足満足。

「…………ふぇ？」

「……………ええ〜〜⁉」

シュゼル皇子の気の抜けた様な声が、エギエディルス皇子の驚いた叫び声にかき消されていた。

「……冗談ですよ？」

と莉奈は、再び席についた。せっかく作って持って来たのだから、帰る訳がない。

少し慌てるシュゼル皇子は、なんだか可愛い。

「…………リナ」

シュゼル皇子の吐く安堵《あんど》のため息に、イベールの冷たい声が混じった。

この間説教をしたばかりなのに、また王族をからかったからだ。

「……もぉ、リナ……牢屋《ろうや》に入れちゃいますよ？」

首をコテンと傾け、可愛《かわい》らしく微笑むシュゼル皇子。

「…………………」

可愛らしく、ものスゴい事をおっしゃる。

冗談とも本気ともとれるその微笑みに、さすがの莉奈も固まった。

その言葉は、氷菓子を出さずに帰ろうとした事になのか、からかった事に対してなのか。

「……どっちに対して、言っている？」

いつの間にか、食べ終えたフェリクス王は、長い脚を組みながら訊いた。やはり莉奈と、同じ様な事を思った様だ。

〝氷菓子〟か〝冗談〟の事か。

本気ではないにしても、どちらに対して牢屋に入れると、言ってるのか。

「それは、当然シャ――」

「「…………シャ？」」

二人の兄弟の眉が、ピクリと動いたので、慌てて口をつぐんだシュゼル皇子。

だが、それを２人の兄弟が聞き逃す訳がない。

「……シャークリー男爵は、お元気ですか？」

……とぼけた。

「「しらねぇよ」」

フェリクス王、エギエディルス皇子が即ツッコんだ。

「……ぷっ」

……アハハ……コントやってる。

莉奈は思わず吹き出した。

大体……シャークリー男爵って、私が言ったヤツだし……。面白過ぎるでしょ……この兄弟。王族なんて、王座を巡って骨肉の争いがあって、仲が悪いのかと勝手に想像していた自分が、バカでしたよ。

「「「…………」」」

吹き出したら、三兄弟がこっちを見た。

慌てて口を押さえた……が、今さら感たっぷり。

「…………え？　すみません？」

注目が居たたまれなくて、謝ってしまった。

……え？　私が悪いの？　まぁ……原因は私かもだけど……？

イベールの、絶対零度の視線が突き刺さる。

その視線を無視して何事もなかった様に、莉奈は、魔法鞄《マジックバッグ》から持って来たシャーベットを取り出した。

ククベリーとレモンの2種類。もちろん、エギエディルス皇子の分も出す。自分のは後でゆっくり食べたいから、しまっておくけど。

「赤いのがククベリーのシャーベットで、黄色いのがレモンのシャーベットになります」

シュゼル皇子の前に置き、軽く説明をすると……。

「兄上に渡した……ジンライムのシャーベットは？」

キョトンと言われた。当然の様にそれもあると、思っていたらしい。

「………え？」

ジンライムのも食べるとは思わなかった。

「〝え〟ではなく、それは？」

と、空になったフェリクス王の器を視線で促す。

「……お召し上がりに……？」

「なりますよ？」

と、莉奈の言葉を繋いだ。

「…………」

……え？　……マジで？

いやいや、持ってきてはいるけど……勝手な想像で、お酒は飲まないタイプかと思っていたよ。

「……リナ？」

「……お酒……飲まれるのですね？」

少し驚いて固まっていると、シュゼル皇子から声が掛かった。

「ええ、嗜《たしな》む程度ですが」

とニッコリ微笑《ほほえ》んだ。

〝嗜む〟の程度がわからないけど……飲むのか。

「……ポーションしか飲まれないのかと、思ってました」

まだどこかに〝ポーションドリンカー〟シュゼルの異名が、頭の片隅にあったよ。

「…………………」

眉をピクリと動かすと、シュゼル皇子はグッと口をつぐんだ。

前歴があるため、咄嗟《とっさ》に反論が出来なかったのだ。

「……アハハ……言われてやんのシュゼ兄」

エギエディルス皇子が、腹を抱えて笑っていた。自業自得過ぎて面白いらしい。

「……むぅ」

シュゼル皇子は、小さく頰《ほお》を膨らませむくれた。

今までの行為が、こんな形で返ってくるとは、思わなかったのだ。

「……ポーションばかり飲んでた、ツケがきたな」

フェリクス王は、愉快そうに笑った。あれだけ、言っても食事を摂らなかったバツだと。

「あっ……今度、ポーションのシャーベットでも、お作り致しましょうか？」

固まるのか、しらんけど。

「……いりません……よ」

莉奈にまでそんな事を言われ、プイッと顔を背け、いよいよ拗《す》ねた。

こう言ったら失礼だけど、拗ねた顔も可愛《かわい》らしい。

「……アハハ……ポーションの……シャーベットとか……マジでありえねぇ」

横に座るエギエディルス皇子は、バカうけだった。

フェリクス王も、珍しくお腹《なか》を抱えて笑っていた。

……なんか、楽しくていいな。

莉奈は、楽しそうな王様達を見て、ほっこりしていた。

やっぱり、楽しく笑ってるのが一番だよね。


「……シュゼル……ジンのシャーベットは、後で食えよ？」

シュゼル皇子にジンライムのシャーベットも差し出すと、フェリクス王がそんな事を言った。

「…………わかりましたよ」

小さくため息を吐《つ》くと、シュゼル皇子は仕方がなさげに、腰に提げている魔法鞄《マジックバッグ》に、ジンライムのシャーベットをしまった。

「…………？」

そんな二人のやり取りに、どういう事だろう……と、莉奈は疑問に思う。

まさかシャーベットの食べ過ぎでお腹を壊すから、後でって……事ではないだろう。シュゼル皇子は、子供ではないのだから……。

「………シュゼ兄……酒は……ちょっとな？」

莉奈が首を傾《かし》げていたので、エギエディルス皇子が察して、コソリと教えてくれた。

お酒は、ちょっと……？　どゆこと？

「酒癖悪いの？」

想像もつかないけど。普段、ほのほのと穏やかな分、バタバタ暴れるとか……？

「……あー、なんて言うか……」

エギエディルス皇子は、ものスゴく言いづらそうな感じだった。

だから、勝手に想像する。

こういう大人《おとな》しい感じの人だから、ハメを外して……。

「……裸踊りするとか……？」

お盆片手に、ホホイのホイ？

「……ぶふっ！」

エギエディルス皇子は、ククベリーのシャーベットを食べようとしていたので、吹き出した。

「……ブッ……アハハハハ……‼」

内緒話になっていなかったのか、フェリクス王も吹き出していた。

「あれ？　違うの？」

二人が爆笑しているのだから、不正解なのだろう。

なら、何なのだろう？

「シュゼルが……裸……踊り……」

ツボに入ったのか、爆笑しているフェリクス王。

「この世の……終わりを……感じる」

エギエディルス皇子も、お腹を抱えて爆笑していた。

「…………リ～～～ナ」

と、シュゼル皇子はニッコリ。

うん。シュゼル皇子の耳にも、しっかり聞こえていたみたいだ。

「…………えっ……すみません？」

莉奈は、一応謝っておいた。

でも……シュゼル皇子の裸踊り……ちょっと見てみたいかも。

「変な想像しない様に」

「は～～い」

それもバレたのか、念を押されてしまった。

◇◇◇

「……さっぱりしてて、ウマイな。俺、ソルベより、こっちの方が好き」

二種類のシャーベットを食べ比べながら、楽しんでいるエギエディルス皇子。

聞くところによると、ソルベとやらは、シャーベットより氷の粒が粗めで、あまり味がしないらしい。

「私も……こちらの方が好みですね。シャリシャリとしていて甘酸っぱくて美味《おい》しい。リナが、からあげの後に……と言っていた意味がわかりましたよ」

ご満悦なシュゼル皇子が、ククベリーのシャーベットを食べていた。

「それは、良かったです」

酒癖が気になるところだが、シャーベットを気に入った様で良かった。

「でも、アイスクリームの方が……好きですね」

「……さよう……ですか」

シャーベットを食べながら、そんな事を言うなんて、苦笑いしかでない。

コッチより甘い、アイスクリームの方が、シュゼル皇子の好みなのだろう。

それで、ふと思い出した。

「……ぁっ」

確か……お母さんがアイスクリームに、赤ワインをかけて食べてたな……と。

「……あ……なんですか？」

相も変わらず、小さい呟《つぶや》きを拾ってくれる。

「アイスクリームに、赤ワインをかけると美味し――」

「アイスクリームを下さい」

莉奈が言い終わる前に、食い気味に言ってきた。

「シュゼル」

呆《あき》れたフェリクス王。シャーベットも食べていながら、子供の様にまだ欲するからだ。

「だって、アイスクリームですよ？」

二言目にはこれだ。

何が、だってアイスクリームなんだよ。

フェリクス王はこめかみを掴《つか》み、深い深いため息を吐《つ》いていた。


「……あっ……そうだ」

アイスクリームを取りだそうとして、大事な物を出していない事に気付いた。

「フェリクス陛下、カクテル飲まれますか？」

本来の目的は、コッチだった。なんのために作って来たのか、忘れるところだったよ。

「……あぁ？　カクテル？」

わかる訳もなく……シュゼル皇子にお疲れのフェリクス王が、少しウンザリ気味に言った。

「……まずは、御賞味してみて下さい」

アハハ……疲れてる。

先に言ってはつまらないので、飲んでから説明はする事にする。

莉奈は、魔法鞄《マジックバッグ》から、例のカクテル〝マティーニ〟を取り出した。

キンキンに冷えたマティーニだ。絶対、お気に召すハズ。

「オリーブの実が入って、可愛《かわい》らしいですね」

シュゼル皇子が、グラスの底に沈んでいるオリーブを見て言った。

「カクテルは見た目も、楽しめる物なんです」

華やかなパーティに、彩りを与えるお酒だ。もちろん、飲んでも美味しい。

「……いいですね」

シュゼル皇子は、その見た目の華やかさに心を奪われた様だ。

「…………っ！」

フェリクス王は、ワイングラスに入った液体を見た瞬間、眉《まゆ》がピクリと動いた。淡い黄色の飲み物、ワイングラス、その組合せでピンときたのだ。

「…………酒……か」

甘味ではないとわかり、口端が緩む。

「お酒はお酒でも、タダのお酒ではありませんよ？」

わざと勿体《もったい》ぶってみる。

タダの酒なんて、飲み飽きてるだろうしね。

「……ほぉ」

フェリクス王は目を細め、そのカクテルを手に取ろうとした……その瞬間……。

「……職務中に……ダメですよ？」

シュゼル皇子が、カクテルを取らせまいと間に手を入れた。

「……シュゼル」

「ジンライムのシャーベットは食べたでしょう？」

にこやかに咎《とが》める。

あれはお酒が入っているかなんて、知らなかったから止めなかった。だが、これは……別。

「てめぇの、アイスクリームも出させねぇぞ」

と睨《にら》むフェリクス王。

「それは、リナが決める事ですよ？　陛下」

と微笑《ほほえ》むシュゼル皇子。

アイスクリームを持っているのは、莉奈だ。

フェリクス王が制止しようと、しまいと、出すのを決めるのは莉奈である。

「……リナ」

フェリクス王が出さない様に、チラリと見れば、

「……リナ」

出してくれる様に呼ぶ、シュゼル皇子の優しい声が……。

……うっわ～～。

自分達で決めればいいのに、丸投げしてきたし‼

「では、ケンカ両成敗って事で、アイスクリームもカクテルもなかった事に……」

莉奈は、呆れ笑いつつカクテルに手を伸ばした。

面倒くさい。くだらない事でケンカするなよ。

「……ナゼですか？」

「…………チッ」

シュゼル皇子は微笑みながら異議を唱え、フェリクス王は舌打ちしながら、カクテルを取らせまいと莉奈の手を掴んだ。

「……あの～～？」

2人とも……必死ですね？

そして……何気にエギエディルス皇子とは全然違って、握られた手が……ものスゴくドキドキするんですけど。

顔が紅《あか》くならない様に、コッチはコッチで必死だった。

「下げる必要はねぇだろう」

「アイスクリームはお酒ではないのだから、関係ないでしょう？」

王様に宰相様……マジで必死ですね？

酒と甘味に、必死なこの国の2トップに、苦笑いしかでない莉奈だった。

「まぁ……職務中にお酒は……というのは、私も同意見です……」

確かに、職務中に飲酒は良くないよね？　ジンライムのシャーベットは出しましたけど。

「……オイ」

フェリクス王の、不満気な声が掛かった。

出しておいて、それはないだろう……と言いたいのだろう。

「……ですけれど……」

ここからは、私の個人的な感情だ。だって、後でって事になったら、フェリクス王がカクテルを気に入ったかなんて、まったくわからないじゃん。

「私がココに来るまでの間の、迷惑料……という事で、今回に限り目を瞑《つぶ》られて下さい」

そういう事にして、飲ませたい。ちなみに、迷惑料は私のせいではない。

「……リナが来るまでの……？　どういう事ですか？」

なんの事かわからないシュゼル皇子は、首を傾《かし》げる。

「陛下にかけた迷惑料ですよ？」

「………迷惑なんて、かけたのですか？」

「私ではないですよ？」

莉奈は微笑んでみる。

誰《だれ》が誰にかけたのかは自分で考えて欲しい。

「…………え？　なら、誰ですか？」

ここまで言っても、わからないのか。わかりたくないのか。とぼけているのか。

「……あの机はどなた様のですか？」

フェリクス王の机に並んでいる、机をチラリとみつつ、不敬を承知で質問を質問で返してみた。

「………………………………」

シュゼル皇子の、やたらと長い沈黙が……。

まさか、自分に降りかかるとは、露程も思わなかったのだ。

フェリクス王は、目を細め不敵に笑う。

「アイスクリームは後でお出し致しますので、少々お待ち下さいね？」

沈黙は承諾と解釈し、莉奈はニコリと微笑んだ。

言い訳でもあるのなら、ドンとこい。

「たまの、兄弟水入らずでしたのですが……今回は、リナの顔を立てましょうか」

わざとらしく、ため息まで吐《つ》いて見せた。

ナ～ニ～が、私の顔を立てるなのかな？

「……だそうですよ？　フェリクス陛下」

苦笑いも出なかった。無理して笑おうとしたから、顔がひきつってしまった。

兄弟水入らず？　それが、並んで仕事する理由ですか？　聞いた事がないよ、そんなの。

「何が、水入らずなんだ。アホが」

やはりそう思ったのか呆れているフェリクス王。

「可愛《かわい》い、弟ではありませんか」

爽《さわ》やかに微笑むシュゼル皇子。

……自分で可愛いとか、言っちゃうんだ。

「………てめぇを、可愛いなんて思った事はねぇ」

心底、渋面顔をしたフェリクス王は言い放った。

何がどうとったら、可愛い弟なのか。可愛いなんて思った事は、一度としてない。

「照れなくても、いいのですよ？」

「イベール……コイツをつまみ出せ」

フェリクス王は、手で追い出す様に払った。本気でウンザリしているようだ。

「…………」

イベールは、無言、無表情だった。

本気で、追い出すべきか否か。その冷淡な表情《かお》の奥で迷っているのだろう。

……アハハ。イベールさんも、大変だ。

他人事《ひとごと》なので、笑う莉奈であった。

「……なんか、許可出たし……それ、飲んでみなよ」

兄二人の妙なやりとりに苦笑いしつつ、エギエディルス皇子が改めて勧めた。

エギエディルス皇子も、長兄の反応が見てみたい様だ。

「王の俺が、許可が必要とか……笑える」

カクテルを手に取りながらも、呆れた様に笑っていた。

実際、国王陛下が否と言えば従うのだろうが、それをしないのがフェリクス王なのだろう。

見た目とは大分違って、まったくと言っていい程、独裁制ではない。だから、市民に畏《おそ》れられつつも、好かれているのだと思った。

「…………っ！」

〝マティーニ〟をゆっくりと一口口に入れると、フェリクス王は目を少し見開いた。

カクテルとは何かも聞かされずに、口にしてみたのだが……。想像していた物とは全然違い、味わい深く美味《おい》しかったからだ。

莉奈が、短期間で酒を造れる訳がない。

だが、既存の酒をそのまま出すハズもない。

ならば、どう出る？　と面白くはあったが、たいして期待もしてはいなかった。

なのに……だ。想像以上に美味しく、驚いていた。

「……旨《うま》い？」

エギエディルス皇子が、面白そうに訊《き》いた。兄王が小さく驚いた後、二口目を口に入れたからだ。

「……旨い…………酒を、混ぜたのか」

グラスを傾け光に照らしながら、フェリクス王は深く感心していた。

酒同士を混ぜて飲もうなんて、まったく考えた事もなかった。

だから莉奈が出した酒も、精々ノイリー酒みたいな、ハーブとかを入れたフレーバー酒だと高を括《くく》っていた。

だが、そんな安易な物ではなかった。莉奈をバカにし過ぎていた。感服せざるを得ない。

「何を混ぜてるか、わかる？」

先程みたいに、エギエディルス皇子が訊いた。

試している訳ではないのだが、兄が驚いていて楽しいみたいだ。

「……少し……待て」

フェリクス王はグラスを傾け色を見た後、今度は舌で転がす様に、ゆっくりゆっくりと味わっていた。

「ベースはジン……ドライ・ジンだな」

後は何が混ぜてある……と、さらに真剣に口の中で味わう。

今まで飲んだお酒を、思い出し考えているのだろう。

「……後……ス……」

何か記憶の端から呼び起こしたのか、小さく呟《つぶや》いた。

「……ス？」

エギエディルス皇子が、面白そうにその呟きを拾う。

「いや、そこまで甘くはない……ベルモット……ドライ・ベルモットか」

もう一口、確かめる様に口に含むと、今度は確信に変わった様だった。

「陛下……正解です」

スゴいな……と莉奈は感心した。たった二種類とはいえ、混ぜたお酒を初めて飲んで、膨大な種類があるお酒から、よく選んだな……と。

ただの、酒好きではないらしい。

「……ジンとベルモット……か。面白い」

フェリクス王はさらに口に入れると、初めて飲むカクテルを堪能していた。

「なぁなぁ、フェル兄？」

その様子を見た、エギエディルス皇子が、さらに面白そうに言う。

「なんだ？　エディ」

初めてのカクテルに至極満足なのか、弟エギエディルス皇子に、優しい眼差《まなざ》しを向けた。

……エディ⁉

……うっわ。

フェリクス王も、エドの事〝エディ〟って呼ぶんだ‼

莉奈は、その優しい眼差しと、エギエディルス皇子を優しく呼ぶフェリクス王の声に萌《も》えに萌えていた。

「そのマティーニって酒さ、別名があるんだけど、なんだと思う？」

エギエディルス皇子は、莉奈に先程教えてもらったその別名を、今度は自分から言いたい様だった。

「別名など、あるのですか？」

それにはフェリクス王ではなく、シュゼル皇子が興味深そうに訊いてきた。

お酒とお酒を混ぜる発想も面白いが、そのカクテルに名が付いているのも、面白い。

そして別名があるなど、ますます興味深かった。

「あるんだよ。フェル兄のためにある様な別名が……な？」

エギエディルス皇子は莉奈を見た。

「ふふっ……そうだね？　エド」

そんな、エギエディルス皇子が可愛《かわい》くて、笑ってしまった。

「……別名……ねぇ」

自分のためにある〝別名〟とは、何なのだろうか？

フェリクス王は、残り僅《わず》かになったマティーニを、名残惜しそうに見つめながら考えていた。

「……兄上のためにある……なんでしょう？」

シュゼル皇子も、兄王をチラリと見ながらも考える。

「……一刀両断……とか？」

「…………どういう意味だ」

「まんま……ですけど？」

「……ほぉ？」

シュゼル皇子が言う言葉に、フェリクス王は目を眇《すが》めた。

自分をどう見ているのか、問いただしている様だった。

……一刀両断。そんな別名がついているカクテルなんて、イヤすぎるんですけど？

「アハハ……んな、別名じゃねぇし」

エギエディルス皇子は、兄達のやりとりに笑う。

「……では、何なのですか？」

さっぱりわからないので、シュゼル皇子が訊いた。

「……カクテルの王様」

「カクテルの……王様……ですか」

なるほど……と、シュゼル皇子は頷《うなず》きつつ、空になったグラスを見た。そして、先程から気になっていた疑問を口にする。

「そもそも、〝カクテル〟というのは？」

そういえば、後でそれを説明しようとして忘れていた。

「あ〜えっと、お酒とお酒、お酒と果汁などを混ぜた物を〝カクテル〟と言います」

「なるほど……しかし、なぜ〝カクテルの王様〟という別名が？」

だから、兄王のためにある様なお酒とはわかった。

では、何故《なぜ》それが、カクテルの王様と云われるのかが、気になったのだ。

「カクテルの中の最高傑作と、呼ばれているからです」

飲んだ事はないので、それ以上は説明しようがないけど。

「……最高傑作……ですか」

シュゼル皇子は、考え深げに頷いていた。

そして、なにがどう〝最高傑作〟なのか、飲んでみたい……など思っていた。

「だが、俺に言わせれば、もう少し……」

「エクストラ・ドライ・マティーニです」

辛い方が……と、言うだろうフェリクス王の言葉を莉奈は遮った。

そして、魔法鞄《マジックバッグ》から、もう1つカクテルを取り出し、フェリクス王の前にススッと置く。

やっぱり、そう言ってきた。これも作っておいて大正解だ。

「…………」

フェリクス王は、もう1つ出てくるとは思わなかったので、少し時を止めていた。

意味ありげに笑う莉奈をチラリと見て、そのカクテルを手に取った。

「…………っ！」

エクストラ・ドライ・マティーニを口にした瞬間、フェリクス王の口端がゆっくり綻《ほころ》んだ。

「いかがですか？」

その表情《かお》を見ればわかるが、ぜひとも言葉で訊きたい。

「お前……俺の好みをわかってるな？」

フェリクス王はさらに口を綻ばせて見せた。

口に含んだ瞬間、先程のマティーニとはまったく違い、ピリリとした辛さが口の中を走った。

白ワインベースの、ドライ・ベルモットが多く入っていたマティーニとは違い、ドライ・ジンの
辛さが口の中を引き締めていた。

「……9：2……いや……10：1か」

カクテルのテイスティングを、実に楽しんでいる様だった。

「……正解です」

割合まで当てたフェリクス王に、莉奈は感嘆していた。

それと、同時に……想像通りの酒豪であったことにも驚く。

エクストラ・ドライ・マティーニのアルコール度数は、40を超えているのだ。

なのに平然と飲んでいるから驚きでしかない。

ビールを5とすれば、8倍ものアルコール度数。

お酒の中でもアルコール度数が、強いとされているウオッカでも40そこそこ。ドライ・ジンは同じか、それ以上なので強いお酒だ。

それを平然と飲んでいるだけでなく、表情一つ変わらない。いかに、フェリクス王がお酒に強いかが良くわかる。

「……こっちの方が、旨《うま》いな……」

しかも味わっていた。相当な強さだ。

「……さようでございますか」

莉奈は、感嘆の声しか出なかった。父親も強い方だったけど、フェリクス王はそれ以上だ。

「8：1ぐらいでもいい」

ドライ・ジン、ドライ・ベルモットの割合まで、好みを言う程。

「……では、今度はその様に致します」

莉奈がそう言えば、フェリクス王は実に満足そうに、微笑《ほほえ》んでいた。

……ダメだ。その表情……マジでドキドキする。

莉奈はお酒を飲んでもないのに、酔った様に頭がクラクラしていた。

フェリクス王の笑った表情《かお》に、人知れずクラクラと酔ってしまっていた莉奈だった。


「……では、最後に〝ギムレット〟を……」

莉奈はフェリクス王の笑顔に酔いつつ、最後の一つを取り出した。

出しておいてなんだけど、フェリクス王にこのカクテルは……可愛《かわい》らし過ぎた。ライムをグラスの縁に飾ったせいで、トロピカルっぽくなってしまった気がする。

「…………随分と……」

フェリクス王は言葉を飲んだ。

先程のカクテルとは全然違い、女性好みに仕上がっていたからだろう。

「可愛らしいですね？」

シュゼル皇子が、兄王とギムレットを見比べて笑っていた。至極、不釣り合いな組み合わせだ。

逆にシュゼル皇子には、ものスゴく似合う。

「……この飾りは嫌がらせか」

シュゼル皇子に笑われ渋面顔のフェリクス王は、グラスの縁に付いている飾りのライムを指で軽く弾いた。どう見ても、このグラスの縁のライムの必要性が見出せないらしい。

「ライムは……飾りも兼ねていますが……口に含んで飲んで頂くと、カクテルの良さが引き立ちます」

莉奈は吹き出さない様にするのに、必死だった。

笑ったりしたら、せっかく気分を良くしてくれたのに、台無しだからね。

ちなみに、カクテルの飾りは、そういう意味あいもある。

マティーニの時には説明をし忘れたが、オリーブもそういう意味で入っているのだ。

「…………………………」

フェリクス王は、少々不審そうな顔を見せながらも、莉奈の言う通りにライムを含んでから、飲んでみる事にした。

「…………なるほど」

口が綻ぶ。莉奈の言う通り、ライムを含んでからカクテルを飲むと、ライムの新鮮な香りが鼻に抜けた。これはこれで、新しい感覚だった。

「初めに食べた、ジンライムのシャーベットと似ている」

フェリクス王は、面白そうにギムレットを飲んでいた。

そう、味のベースは先程のシャーベットと、まったく一緒だ。凍らせ易い様に、水で薄めたのが、ジンライムのシャーベット。カクテルの方がライムの酸味とお酒が強いだけで、基本変わらない。

「……暑い日は、先程のシャーベットをこれに入れて飲まれると、お酒の味が薄まらずに冷たいまま飲めると思います」

やった事がないから、想像でしかない。

まぁ、そもそもぬるくなったら、魔法でどうにでもなりそうだけど。

「それも……面白いな……」

フェリクス王は、その提案がお気に召した様だった。

「……ちぇっ。お酒が飲めていいいな」

楽しんでいる兄王を見ていたエギエディルス皇子が、羨《うらや》ましそうに呟《つぶや》いた。初めは兄が驚き、美《お》味《い》しそうにしているのを、楽しそうに見ていた。

だけど、やっぱり自分も早く兄達の様に、お酒を飲みたい……一緒に楽しみたいと思ったのだ。

「エドも、カクテル飲みたいの？」

なんだか弟を思い出す。早く一緒に飲みたい……と、父に言っていたからだ。

「……だって……なんかズルい」

兄二人は一緒に飲めるが、まだ飲めない自分は、仲間外れの様な気がしてイヤだった。

「アハハ……なら、エドも飲めるカクテル、作ってあげようか？」

莉奈は、エギエディルス皇子が可愛《かわい》過ぎて笑っていた。

「……え？」

莉奈の言葉に、エギエディルス皇子は目をぱちくりさせた。

「お酒の入ってない、カクテル」

厳密に云うと、カクテルではなく、ただのミックスジュースだけど。お子様用カクテル……と云う事で。

「……そんなの……あるのかよ」

ちょっと、嬉《うれ》しそうな顔をした。

「あるよ？　ワイングラスに注げば、カクテルみたいになるよ？」

お酒の飲めない弟のために作ってあげた、カクテルもどき。

ワイングラスで飲むってだけで、なんとなく大人になった気分にもなる。

「……作ってくれ‼」

案の定、食い付いてきた。

背伸びしたい年頃だよね。

「うん、いいよ。後で、作ってあげる」

瞳《ひとみ》がキラキラした、エギエディルス皇子は可愛いな……と、莉奈は快諾した。

まっ、元々作る気で言ったんだし。

「やったぁ‼」

エギエディルス皇子は、素直に喜んでいた。

こういう所が、年相応なんだよな……と莉奈は、口が綻んだ。

「お酒の入っていないカクテル……ですか？」

シュゼル皇子から、疑問の声が……。

さっき、莉奈が説明した、カクテルの定義に外れるからだろう。まぁ、ただその物が何か、気になっただけかもだが。

「……カクテルもどき？　お酒の飲めない方も一緒に、雰囲気を味わってもらうためのドリンクですよ。簡単ですので、試しに1つお作りして来ましょうか？」

莉奈は、ちょうど三人いるし……と、どんな物か試飲してみるか提案してみた。

リンゴなら常備してあるみたいだし、なんか探せば他の果実も王宮の厨房《ちゆうぼう》ならあるだろう。

「いいのですか？」

すぐに出るとは思わなかったのか、シュゼル皇子が花の様に微笑んだ。

……相変わらず、笑顔がまぶし過ぎる。

「少しお時間を頂けるので──」

「よろしくお願いします」

莉奈が最後まで言うまでもなく、ガッツリ食い気味に割り込んできた。

「では、少々お待ち下さい」

莉奈は立ち上がり一礼すると、苦笑いしながら足早に厨房に向かったのであった。


「……はぁ」

莉奈が退出するのを見たフェリクス王は、深い深いため息を吐《つ》いた。

これでイイのか？　と思わなくもなかったからだ。

以前の長弟からすれば、考えられない程の執着振りだ。

食べる様になったのは良かったとは思うが、これはこれでオカシイと再びため息が漏れた。

「何か？」

もの言いたげな兄に、シュゼル皇子はほのほのと尋ねた。

「いや。良く食うようになったな……」

呆《あき》れ果てて言葉も出ない。

「リナの作るご飯、美味しいですからね？」

とニッコリ。ご飯が美味しいなんて言う台詞《せりふ》が、コイツから出るだなんて天変地異の前触れかよ
……と皆は思う。

「なっ！」

末の弟は美味しいと言う言葉にすぐに賛同していた。

エギエディルス皇子も、確かに以前に比べ良く食べる様になった。

成長期の末弟が良く食べる様になったのは素直に喜ばしい事だが、長弟の事はナゼか釈然としない。

フェリクス王は一人複雑な心境であった。

「ポーションはもうイイのかよ？」

だから、どうしても言わずにはいられなかった。

「あれは、ご飯ではありませんよ？」

何を言ってるのですか？　と云わんばかりに、小首を傾《かし》げてまで見せたシュゼル皇子。

――殴りてぇ。

フェリクス王は、心底そう思った。

「「…………」」

その言葉には、エギエディルス皇子も執事長《イベール》も、唖然《あぜん》としていた。

ポーションだけで生きてきた様な彼から、そんな台詞を聞ける日が来るとは……と。

そんな台詞を彼に言わせた莉奈には、感服するばかりである。

「リナのご飯を食べる様になってからというもの、魔力も以前とは比べ物にならないくらい、みなぎる様にもなりましたし……ね？」

皆が呆れているのも気にしないシュゼル皇子は、ほのほのと暢気《のんき》に言った。

――みなぎる？

皆は思った。今まででも充分あった魔力が、みなぎるだと？

「「「……」」」

フェリクス王、エギエディルス皇子、イベールは顔を見合わせ、ドン引きしていた。

莉奈の作るご飯に魔力がない事は知ってはいる。

だが、莉奈の作るご飯を食べる様になって血色が良くなったのもまた事実である。

食事をしっかり摂ってこなかったため、今まで力が出なかった？

なのに……あの魔力？

コイツが食事を摂って、ベストな心体になった時……魔力は？

想像したフェリクス王達は、さらにドン引きするのであった。

書き下ろし番外編　氷の執事長イベールの憂鬱

莉奈《りな》が王宮の厨房で、シャーベットを作っている頃《ころ》、王の執務室に楽しげな足音が近づいていた。

基本、王の執務室の扉の前やそこへ続く階層の階段には、常時近衛兵がいるのが当たり前である。

だが、当たり前が当たり前でないのがこのヴァルタール皇国である。

この国のトップが【皇国】でありながら【皇帝】を名乗らない時点で、それを安易に察する事が出来るだろう。

では、何故《なぜ》近衛兵を配備させないのか。

人件費削減。その一言に尽きる。

フェリクスが【王】に就いた時、悪政を強いていた【前皇帝】である父の息のかかった者達を、すべて排除した故の所業なのである。

……とはいえ、この国、王宮で一番護《まも》らなければいけないのは国王陛下だ。

あり得ないと、当然弟達が進言したのだが……。

「自分より強い者を連れて来い」と言われ、何も言えなくなった経緯があった。

そのため、最低限の警護の配備しかしていないのである。

そんなフェリクス王の執務室に、優雅に向かう一人の美青年の姿があった。

「失礼致します。陛下」

扉の前には誰《だれ》もいないので、自ら扉をノックする。

だが、名は名乗らない。声と歩く気配ですでに察していると、分かっているからだ。

「入れ」

フェリクス王の声が聞こえたと同時に、扉が静かに開いた。

執事長のイベールが開けたのだ。

身辺にあまり警護を付けない代わりに、このイベールを一人部屋においている。

それが、宰相であり弟のシュゼル皇子からの妥協案であった。

「何用だ?」

フェリクス王は眉《まゆ》を寄せた。弟シュゼル皇子が、若干機嫌が良さそうに見えたからだ。

「例の贋作《がんさく》の件の報告が……」

内容と表情に違和感を覚えつつ、フェリクス王は話を続けろと目を向けた。

「王宮を追い出され収入源が減った、ジュエルビ子爵が新たな資金源として作らせていた様です」

そう言うと、シュゼル皇子はフェリクス王の執務机の上に数枚の資料を滑らせた。

何かのリストの様だった。

「贋作と関わった者のリスト。過去の売却履歴と金額。押収場所と隠れ家……その他もろもろです」

フェリクス王が、資料に目を滑らせたのでシュゼル皇子は説明をした。

「処分は？」

「陛下にお手を煩わせる程の案件ではなかったため、こちらですべて終わらせておきました」

シュゼル皇子はニコリと、イイ笑顔で返した。

彼が終わらせたと言うのだから、処分したという事なのだろう。

彼等がどうなったのかなど、聞くくらい無駄なことはない。

「御苦労」

フェリクス王は、すでに終わった事に興味はなく資料から目を反らし、シュゼル皇子に労う言葉を一言だけ言った。

「かなり精巧に出来ていましたよ？」

「精巧に出来ていたとしても、所詮《しょせん》は紛い物だろうが」

至極興味なさげにフェリクス王は言った。

絵画や装飾品に興味はないが、棄てておける案件でもない。そこまで精巧に作れる腕がありながら、勿体《もったい》ないと感じる程度である。

「紛い物を紛い物と判別出来なければ、本物なのですよ？」

誰かが【紛い物】と判別しない限りは。

「なら、本物として飾っとけ」

どうでもいい。とまでは言わないが、思考がダダ漏れである。

「……」

それには、シュゼル皇子は苦笑いしか出なかった。

前皇帝の後始末が多くて、辟易《へきえき》している様子の兄王に、少しばかり同情するシュゼル皇子なのだった。


「ところで……あの女の様子はどうだ？」

先程の資料を興味なく指で弾くと、フェリクス王は机に肘《ひじ》をついた。

「あの女……リナの事ですか？」

あの女呼ばわりする兄王には、苦笑いしか出ない。

莉奈という名前があるのだから、口に出してあげて欲しい。

「……で？」

口が悪く素っ気ないわりに、気にかけている様子な兄王。

その様子になんだかシュゼル皇子は素直でないなと、再び苦笑いが溢《あふ》れた。

「気丈に振る舞ってはいますが、エギエディルスによれば、時折寂しそうな辛そうな表情を見せる様です」

当然の事だろう。他国どころか異世界に強制的に連れ去られたのだから。

泣きわめいて過ごしていたとしても、誰も責められやしないのだ。

「……そうか」

フェリクス王は、ため息と共に怒鳴る言葉を飲み込んだ。

すべては愚弟の所業である。だが、同時にそれをさせてしまった自分の責任でもあるからだ。

「出来る限りの事はしてやれ」

フェリクス王は、重く重く言った。限度はあるにせよ、なるべく不自由はさせたくないと、心からの願いでもあったのだ。

「御意に」

兄フェリクスとして、国王としての言葉にシュゼル皇子は頭を深々と下げたのである。


——数秒後——


「そうそう。リナと言えば、ここで待たせてもらいますね？」

シュゼル皇子は、急に気分が切り替わったのか、手をポンと叩《たた》き王の執務机の隣に移動して来た。

「あ？」

何の話だと、訝《いぶか》しげに弟を見た。急な話の転換についていけないともいえた。

「シャーベットを作ると、言っていたでしょう?」

莉奈が……とシュゼル皇子は満面の笑みである。

さっきの今で、良くもそこまで気分を切り替えられるものだと、フェリクス王もイベールもあきれ果てる。

「だからなんだよ」

ここへ来た弟が、やけに機嫌が良く見えたのはそのせいか……と。頭が痛くなってきた。

「ですので。ここで待たせてもらいますね?」

「あぁ⁉」

超ご機嫌な弟とはうって変わり、兄フェリクス王は一気に超不機嫌顔に変わった。

何の話かと思えば、莉奈が一番にシャーベットを作って持って来るであろう、ココで待たせてもらうというくだらない話だったからだ。

「ふざけんな‼」

フェリクス王がそう言うか言わないかの瞬間。シュゼル皇子は魔法鞄《マジックバッグ》から、机をドスンと取り出した。

「……は?」

それには、怒鳴る予定だったフェリクス王も一瞬唖然《あぜん》となっていた。

魔法鞄《マジックバッグ》からそんな物を取り出すとは想像もしなかったからである。

「イベール、お茶を」

そんな兄を横目に、椅子も取り出しふわりと席についた。

ソワァで座って待つのもあり得ないが、自分の執務机を持参して待つなど、もっとあり得ない。

「てめぇ。ふざけんな‼　帰りやがれ‼」

フェリクス王は座ったまま長い脚を伸ばし、ガンガンと強く机を蹴《け》り始めた。

弟の机を蹴り倒そうとしているのだ。いや、破壊しようとしているのかもしれない。

「あ〜。兄上〜足癖が悪いですよ？」

そんな事など、これから来るシャーベットを思ったら気にもしないシュゼル皇子は、ほのほのと微笑《ほほえ》んでいた。

「うるせぇ‼」

なおも蹴る兄。

「イベール？　お茶は？」

微笑んで、脚のリーチが届かない処に優美に机を運ぶ弟。

「イベール。コイツを放り出せ‼」

脚が届かなくなり、盛大に舌打ちするフェリクス王。

一応は、殴り飛ばしたりはしない様である。

くだらな過ぎて、自らの手を下したくはないのかもしれない。

「イベール？　お茶を」

あくまでも居座るつもりのシュゼル皇子はニコニコと、仕事すらする準備に取り掛かる。

「「イベール」」

片やお茶を求める笑顔。片や追い出せと睨《にら》みが突き刺さる。

まさに、天国と地獄である。

「「イベール」」

二度呼ばれれば、さすがのイベールも無表情でありながら、嫌な汗が噴き出し始めた。

シュゼル皇子を放り出せる訳がない。だからといって、お茶を淹れ賛同した形は取りたくない。

フェリクス王を無視したくもない。

「…………」

イベールは混乱していた。どうしたら良いのかと……。

そして、打破出来る人間がいる事に気付き、ゆっくりと目を瞑《つぶ》った。

一人ここにいない少女に、ただただ祈る……。

『リナ……早く来い』————と。

あとがき

まずは、本書をお手に取って頂きありがとうございます。そして、本書作成に携わってくれた、すべての皆々様、ありがとうございます。どうも、神山《かみやま》です。

色々な人物がこの小説に出てきますが。主人公【野原莉奈】。彼女の名前は、何の苦労もなくサラッと決まりました。しか～し‼　苦労したのは、王達三兄弟。下書きでは、しばしば名前が変わったり、王とか宰相とか、名前がなかったり……。

その挙げ句、パッと脳内の末弟のエギエディルスが【フェル兄】【シュゼ兄】と呼んでくれて困惑。

そう……三兄弟は、愛称から決まるという超難問。

フェル兄って呼ぶ名前を捜し、シュゼ兄と呼ぶ名前を捜し、エディと呼ぶ名前を捜す組み立て形式は、まるでパズルでした。

もう、名前なんか考えたくありません。誰も出てこないで……。そう願う神山でした。

では、またいつか会える日を願って‼

カドカワBOOKS

聖女《せいじょ》じゃなかったので、王宮《おうきゅう》でのんびりご飯《はん》を作《つく》ることにしました 2

2020年 2 月10日　初版発行
2023年 4 月 5 日　3 版発行

著者／神山《かみやま》りお

発行者／山下直久

発行／株式会社KADOKAWA
〒102-8177
東京都千代田区富士見2-13-3
電話／0570-002-301（ナビダイヤル）

編集／カドカワBOOKS編集部

印刷所／暁印刷

製本所／本間製本

●お問い合わせ
https://www.kadokawa.co.jp/（「お問い合わせ」へお進みください）
※内容によっては、お答えできない場合があります。
※サポートは日本国内のみとさせていただきます。
※Japanese text only

Printed in Japan
ISBN 978-4-04-073446-0 C0093

新文芸宣言

かつて「知」と「美」は特権階級の所有物でした。

15世紀、グーテンベルクが発明した活版印刷技術は、特権階級から「知」と「美」を解放し、ルネサンスや宗教改革を導きました。市民革命や産業革命も、大衆に「知」と「美」が広まらなければ起こりえませんでした。人間は、本を読むことにより、自由と平等を獲得していったのです。

21世紀、インターネット技術により、第二の「知」と「美」の解放が起こりました。一部の選ばれた才能を持つ者だけが文章や絵、映像を発表できる時代は終わり、誰もがネット上で自己表現を出来る時代がやってきました。

UGC（ユーザージェネレイテッドコンテンツ）の波は、今世界を席巻しています。UGCから生まれた小説は、一般大衆からの批評を取り込みながら内容を充実させて行きます。受け手と送り手の情報の交換によって、UGCは量的な評価を獲得し、爆発的にその数を増やしているのです。

こうしたUGCから生まれた小説群を、私たちは「新文芸」と名付けました。

新文芸は、インターネットによる新しい「知」と「美」の形です。

2015年10月10日

井上伸一郎

フラグ回避のはずが、
チート令嬢っぷりを発揮して
逆に大注目の的に!?
第4回カクヨム
Web小説コンテスト
異世界ファンタジー部門
〈特別賞〉
お酒のために乙女ゲー設定をぶち壊した結果、悪役令嬢がチート令嬢になりました
ゆなか　イラスト／ひづきみや
乙女ゲームの悪役令嬢に転生したため、死亡フラグを回避すべく動きだしたシャルロッテ。今世の目標は、この世界に大好きだった『お酒』を広めること！しかし試しに作ったジュースや聖水は規格外のものばかりで……
カドカワBOOKS